Sue Limb

16ANS

S.o.S. Chocolat !

Traduit de l'anglais
par Emmanuelle Casse-Castric

Gallimard

À Anna Wednesday Meyers

1

– Non! souffla Flora. C'est pas possible! Vous ne pouvez pas avoir cassé, Fred et toi? Pas *vraiment*?

– Si, vraiment, répondit Jess d'un ton ferme. Vraiment, vraiment, vraiment, *vraiment*!

– Mais il a fait un numéro de présentation tellement marrant avec toi hier soir!

Jess garda le silence un instant. Un silence bouillonnant d'une profonde rage volcanique chauffée à blanc. Elle n'avait pas encore révélé à Flora la terrible trahison de Fred.

– Ah oui! (Les mots jaillirent de la bouche de Jess comme un jet de colère noire.) Il était franchement hilarant, non? Complètement impayable. Ha ha ha!

Choquée par le ton amer de son amie, Flora posa sur Jess un regard sidéré.

– Qu'est-ce que…? fit-elle d'une voix blanche.

– Il m'a laissée organiser toute seule le gala, il m'a lâchée une semaine avant le grand soir ! Il a dit qu'il «démissionnait du comité». Ah la bonne blague ! Quel comité ? On était censés s'en occuper tous les deux, juste lui et moi. Donc en fait ce qu'il voulait dire, c'était qu'il me mettait dedans et refusait de m'aider à faire quoi que ce soit. C'était déjà la cata !

Flora, compatissante, grimaça.

– Alors je lui ai dit que je ferais tout moi-même. Y compris les monologues comiques de présentation, bien sûr. Enfin, quoi, on ne peut pas organiser et répéter un numéro de présentation si on ne se parle pas, tu ne crois pas ? Et puis Fred a eu la grippe pendant toute la semaine dernière. Il n'était pas à l'école. Évidemment, j'en ai déduit que j'étais entièrement responsable de la présentation.

– Génial ! murmura Flora en regardant Jess avec admiration.

– Oui. Bref, j'ai bossé sur mon numéro de Cendrillon, tu te souviens ?

– Oui ! C'était fantastique !

– Je t'en ai montré des extraits pendant que je l'écrivais, hein ? J'ai vraiment bien aimé travailler dessus. Il y avait de super blagues qui me venaient comme ça, tu vois ? J'avais *tellement* hâte de le faire sur scène. Et le soir du gala, qu'est-ce qui se passe ? Je me prépare à faire mon entrée, j'arrive sous les projecteurs et, après quelques phrases seulement, Fred sort de nulle part, déguisé en amibe, rien que ça, et saute sur scène !

– Tu veux dire… (Flora s'efforçait de comprendre ces révélations.) Tu veux dire que vous n'aviez pas répété ça ?

– Non. J'étais complètement prise de court. Je n'avais pas la moindre idée de ce qu'il allait dire. Il s'est approprié mon numéro et s'est mis à déblatérer sur ses histoires d'amibes, tandis que moi, j'étais plantée là comme une potiche, devant le public qui se tordait de rire.

– Mais Jess, jamais je n'aurais pu deviner. Tu n'as même pas eu l'air surprise. Enfin, tu donnais l'impression d'avoir de la tchatche et…

Flora laissa sa phrase en suspens.

– Non, fit Jess, ce n'était pas de la tchatche ! J'ai réussi à glisser une ou deux phrases improvisées, simplement pour justifier mon existence. J'étais plantée là comme une andouille alors qu'il avait captivé son public. La plus grande partie de ce que j'avais préparé, je n'ai pas pu la dire du tout. Il m'a littéralement volé la vedette.

– Oh là là ! commenta Flora en passant la main dans ses longs cheveux couleur miel – signe de grande confusion chez elle. Je ne savais pas du tout, ma belle. Ç'a a dû être horrible pour toi !

– Alors peut-être que maintenant tu comprends pourquoi j'ai dû larguer Fred, conclut Jess d'une voix amère.

C'était le dimanche après-midi, le lendemain du Bal du Chaos, le gala de la Saint-Valentin, et Jess était allée chez Flora pour vider son sac – c'est bien, pour ça, les meilleures amies. Le père de Flora avait invité sa femme à déjeuner et sa petite sœur Felicity était en week-end de répétition avec son orchestre, si bien que Jess et Flora disposaient de l'énorme sofa crème du salon rien que pour elles.

– Mais Fred et toi, vous êtes tellement faits l'un pour l'autre ! se récria Flora.

Ses grands yeux bleus lançaient des regards perdus et paniqués.

– C'était ce que je croyais.

Jess frissonna et se pelotonna encore plus dans l'élégant jeté du sofa (cent pour cent cachemire italien, trois cents livres cash).

– Mais Fred a été pire qu'inutile, même quand il essayait d'aider. Pour résumer, il prétendait qu'il organisait des trucs, pour ensuite avouer qu'il n'avait rien fait ! Et à la dernière minute, bien sûr ! Du coup c'était moi qui devais rattraper ses conneries !

– Pourtant le Bal du Chaos a été un franc succès. Vous avez récolté un sacré paquet pour une bonne cause.

– Uniquement grâce à mes parents qui sont intervenus pour tout arranger ! Par exemple, les musiciens, on les a eus seulement parce qu'il se trouve que le copain de ma mère est jazzman, et qu'il avait des potes de libres.

– Mais ce groupe était génial. Et Martin a l'air d'un chic type.

Flora piocha distraitement dans une coupelle en porcelaine remplie de cacahuètes au chocolat posée sur la table basse. Elle avait tendance à grignoter des cacahuètes au chocolat quand elle était stressée – normal, non ?

– Peut-être que ta mère et lui vont se mettre en couple, non ? Je veux dire, tu pourrais l'avoir comme beau-père.

– Je ne crois pas, non. (Jess secoua la tête d'un air songeur et se laissa aller contre un coussin en satin décoré d'un semis de minuscules perles qui ressemblaient à des larmes.) Devine où se trouve Martin, là maintenant ?

Flora, intriguée, haussa les épaules.

– En route pour le Canada pour une espèce de confrontation avec son ex.

– Oh, non ! soupira Flora. Tu crois que Mercure rétrograde ou quoi ? Qu'est-ce qui peut encore nous tomber sur la tête ?

– Plein de choses, prédit Jess d'un ton sinistre.

Flora renversa la tête en arrière et fixa le plafond d'un air sceptique. Un lustre (globes en cristal au plomb d'Égypte, 400 livres cash) scintillait au-dessus de sa tête et se reflétait dans ses yeux. Jess remarqua cet éclat et compara avec l'état de sa propre maison où on tolérait de ne pas changer les ampoules grillées pendant des semaines.

– Mais Fred... soupira Flora, le regard toujours fixé sur le lustre clinquant. Enfin, Fred... Il est si original, et étrange, mais, génial, tu vois. Pourquoi tu ne lui fais pas la gueule pendant quelques jours, et quand il revient à genoux, vous faites la paix ?

Jess hésita. Une pensée désagréable était soudain apparue dans un coin de son cerveau. Autrefois, Flora avait eu des vues sur Fred. Elle avait eu un léger faible, juste avant que Jess et Fred sortent ensemble. Si Fred était de nouveau libre, Flora serait-elle tentée de le tenter ? Jess eut un haut-le-cœur. Elle déglutit avec difficulté.

– Ce que je me disais, avoua-t-elle, c'est que, si Fred voulait se remettre avec moi, il faudrait qu'il fasse un truc énorme, un peu comme ces chevaliers du Moyen Âge avec leurs quêtes, tu vois ?

Flora fronça légèrement les sourcils.

– Comment ça ? Occire un dragon, un truc de ce genre ? Où est-ce qu'il va trouver un dragon, de nos jours ?

– Occire un dragon, euh, symbolique, peut-être, dit Jess en haussant les épaules.

En fait, elle ne savait pas vraiment ce qu'elle voulait que Fred fasse, mais ça devrait être assez énorme pour rattraper l'égoïsme et la lâcheté dont il avait fait preuve dernièrement.

– Oh, et puis je ne sais pas. Il faudra qu'il trouve un acte héroïque à accomplir.

– Est-ce que... tu veux que je lui dise ce que tu attends de lui ? proposa Flora, perplexe.

– Non ! l'arrêta Jess.

Elle ne voulait pas que Flora leur serve d'intermédiaire – les dangers d'un tel recours étaient évidents.

– Je ne veux même pas qu'il sache ce que je pense. Je veux qu'il trouve par lui-même. Je veux qu'il comprenne sa bêtise et qu'il découvre comment la réparer.

– Mais ma belle, insista Flora, un peu gênée, et s'il jette l'éponge ? Tous ces machins héroïques, ce n'est pas son truc, tu sais. Et si Fred rentre dans sa coquille et se morfond comme un rat ?

– Eh bien, s'il réagit comme ça, tout ce que j'aurais à faire, c'est l'oublier, le chasser définitivement de mon esprit ! décréta Jess, qui voyait avec horreur que le scénario de Flora était, ô combien probable.

Flora la dévisagea, muette.

– C'est ça, ton plan? demanda-t-elle, très peu convaincue.

Jess opina.

– Oui. Passer à autre chose. Je ne peux pas gâcher le restant de mes jours à être déçue par Fred. Je vais l'effacer de mon disque dur. À partir de maintenant.

Flora soupira et s'enfonça dans les coussins du sofa tandis qu'elle attaquait une nouvelle poignée de cacahuètes au chocolat.

– C'est tellement affreux. Je pensais qu'il s'agissait d'une simple querelle amoureuse. C'est la pire chose qui soit arrivée d'aussi loin que je me souvienne, déclara-t-elle d'un air sinistre.

– Non, pas besoin de sortir les mouchoirs! (Jess était décidée à détendre l'atmosphère.) C'est le début du meilleur des mondes, d'accord?

Au même instant, la porte d'entrée s'ouvrit violemment, et elles entendirent un son inquiétant et parfaitement identifiable: la mère de Flora se précipitant à l'étage, en pleurs.

2

Dans la demi-seconde qui suivit, Jess et Flora n'eurent que le temps d'échanger un regard de pure terreur. La mère de Flora ne pleurait *jamais*. Elle était la mère la plus relax de la terre – tellement relax qu'elle ne quittait presque jamais son sofa. Que s'était-il produit ? Décès ? Divorce ? Maladie incurable ? Jess avait le cerveau en ébullition. Mais avant que l'une ou l'autre ait pu émettre le moindre couinement apeuré, le père de Flora apparut sur le seuil, et la pièce sembla s'assombrir.

Il paraissait fâché, sur la défensive, et profondément mécontent. Les parents de Flora s'étaient-ils disputés ? Un naufrage matrimonial se profilait-il à l'horizon ?

– Bon, Jess, lâcha-t-il d'un ton sec.

Jess se raidit d'avoir été désignée de cette façon menaçante.

– Si tu es prête, je peux te reconduire chez toi maintenant.

Obéissante, Jess s'empressa de se lever.

– Oui, d'accord, merci, marmonna-t-elle en glissant furtivement un coup d'œil à Flora, tout en attrapant sa polaire et son sac.

Il était arrivé quelque chose. Il n'avait jamais été question que Mr Barclay reconduise Jess chez elle. D'habitude, elle rentrait à pied. Il lui avait proposé de la ramener – ou plutôt, lui avait imposé cette solution – pour la faire déguerpir de chez eux de manière polie.

– Salut, Flo!

Jess se pencha pour faire la bise à Flora. Les deux amies échangèrent un bref regard de panique, puis Jess dut sortir en souriant comme si de rien n'était. Pourtant elle savait que quelque chose d'affreux était sur le point d'éclater chez les Barclay, et qu'elle ne pouvait rien faire.

Mr Barclay la conduisit chez elle dans son 4 × 4, en roulant un peu trop vite. Le silence était oppressant. Jess brûlait de lui demander : « Est-ce que Mrs Barclay va bien ? »

Mais les lèvres serrées de Mr Barclay indiquaient que faire la conversation était strictement prohibé. Jess avait toujours eu peur du père de Flora. C'était un homme grand et puissant qui négociait des ventes, partait en voyage d'affaires en Italie et n'avait pas le moindre talent pour échanger des banalités. Aussi Jess resta-t-elle muette sur son siège, attendant que le trajet s'achève – si possible sans accident de la route.

Soudain, son téléphone se mit à sonner. Mr Barclay poussa un soupir exaspéré, comme si personne n'avait encore eu le culot de laisser son téléphone sonner en sa présence.

– Éteins-moi ça, je te prie, grogna-t-il.

Jess s'empressa d'obéir. Elle n'eut que le temps de voir s'afficher le nom de Jodie, une fille de l'école qui avait un rôle secondaire dans son cercle d'amis. Ce n'était donc pas Fred. Oh, non! Alors qu'elle ne devait pas penser à Fred, la possibilité de recevoir un appel de lui avait fait flancher son cœur. Cela ne devait plus se reproduire. Bon, au moins ce n'était pas un appel important. Jodie tournait la moindre broutille en mélodrame.

Jess se mit à comparer Mr Barclay à son propre père, qui faisait de bonnes blagues et était parfois pris d'accès de bêtise. Comme elle avait de la chance d'être tombée sur un père qui parlait facilement de trucs débiles – et de tout, en fait! Elle ressentit une immense compassion pour Flora. Chaque fois que Mr Barclay était stressé, il semblait dégager une fumée noire. À coup sûr sa mauvaise humeur faisait des trous dans la couche d'ozone.

Jess ne put réprimer un soupir. Et pria aussitôt pour qu'il ne l'ait pas entendu et interprété comme une impertinence.

Il tendit le bras pour allumer la radio. Un agréable morceau de musique classique se diffusa dans l'habitacle. Mais ce n'était pas ce qu'il voulait. Il tourna les boutons jusqu'à tomber sur un commentateur sportif. C'était de la course automobile. Les crescendos hurlants laminèrent sans merci la cervelle de Jess jusqu'à l'arrivée devant sa petite maison.

– Merci, dit-elle.

Jess était toute retournée mais essaya de sortir de façon détendue et bien élevée.

Malheureusement, le bas de sa polaire se prit dans le levier de vitesse et le tissu extensible la retint alors qu'elle essayait de descendre, et lorsqu'elle dégagea son manteau, l'élastique lui envoya un bouton à la figure. En plein dans le pif.

– Ouille ! glapit Jess.

Mr Barclay assistait à la scène avec une expression de profond mépris. Jess tenta un sourire burlesque d'autodérision.

– Je suis tellement bête ! soupira-t-elle.

Il ne la contredit pas.

– Merci de m'avoir reconduite, conclut-elle en hochant la tête, comme pour lui assurer qu'ils avaient passé un bon moment.

Puis elle claqua la portière. Elle ne se ferma pas bien. Jess essaya de la rouvrir, mais elle semblait bloquée. Mr Barclay fronça les sourcils et leva les yeux au ciel avec un air de martyr, tendit le bras et ouvrit la portière de l'intérieur. Jess s'apprêta à la claquer de nouveau, et correctement, cette fois.

– Laisse, laisse! lui cria Mr Barclay avec humeur.

Jess s'écarta de la poignée comme si elle était brûlante. Il ferma la porte avec panache et colère, puis reporta son regard sur la route et repartit avec un crissement de pneus furieux.

– Quel imbécile! marmonna Jess à mi-voix.

Elle n'aimait pas être grossière à l'égard du père de son amie, mais franchement! Il était tellement bizarre, un peu comme un robot! Si on y prête attention, la plupart des hommes ont une part de féminité en eux, mais Mr Barclay carburait cent pour cent à la testostérone et, même quand tout allait bien et qu'il aurait dû être heureux, il gardait cet air préoccupé, comme un chien en laisse qui attend l'occasion de mordre un passant. Jess se demanda un instant à quoi il avait ressemblé enfant. Il n'avait certainement jamais été comme Fred. Oh, zut! Elle venait de penser à Fred!

Jess chassa l'intrus de son esprit, remonta l'allée de sa maison, et rentra chez elle avec soulagement. Heureusement pour elle, sa mère était une bibliothécaire pacifiste qui ne pleurait que devant les scènes heureuses des films, et elle avait la décence de le faire silencieusement, contre sa manche : rien à voir avec les sanglots hystériques qui avaient accompagné l'étrange fuite de Mrs Barclay dans l'escalier.

Jess était aussi reconnaissante pour l'influence apaisante de sa grand-mère qui, bien qu'accro aux homicides télévisés, était toujours une source fiable d'informations avisées et raisonnables sur les comportements humains. «Attache-le et verse-lui de la crème anglaise sur le crâne!» lui avait-elle conseillé lorsque Jess avait connu une terrible dispute avec Fred.

Et par-dessus tout, Jess était soulagée de ne pas avoir pour père un macho dirigiste mais un paisible peintre paysagiste gay, qui savait par ailleurs cuisiner comme un chef et inventait des histoires où il se passait des choses magiques.

– Je suis rentrée! cria Jess.

Pas de réponse.

Elle passa la tête dans la chambre de sa grand-mère. Personne. Elle jeta un coup d'œil dans la cuisine : la pièce était froide et bien rangée. Elle se traîna à l'étage et inspecta le bureau de sa mère. Silence total. Le PC était éteint – il n'y avait même pas un poisson tropical électronique se tortillant sur l'économiseur d'écran pour lui souhaiter la bienvenue.

Jess en fut un peu agacée, parce qu'elle brûlait de raconter à tout le monde l'incident étrange et horrible auquel elle avait assisté (Mrs Barclay s'enfuyant à l'étage en pleurs), et le trajet pénible en compagnie de Mr Barclay. C'est bien d'avoir une merveilleuse famille très à l'écoute, composée de personnes douces, bavardes, compréhensives et tout le tralala, mais où était donc son cocon familial au moment où elle en avait besoin ?

Elle se glissa dans sa chambre, puis s'arrêta net. La pièce était remplie des affaires de son père. Certes tout était en piles bien nettes, mais elles envahissaient malgré tout ce qui constituait son seul espace d'intimité au monde. Elle avait oublié que son père occupait sa chambre. Agacée, elle passa dans la pièce qu'elle partageait avec sa mère. Les vêtements de cette dernière traînaient au sol. Jess poussa un soupir. Comment sa mère pouvait-elle être aussi bordélique ? Ça aurait dû être le rôle de Jess ; après tout, elle était une ado. Et combien de fois sa mère lui avait-elle reproché son désordre alors qu'elle-même créait un bordel monstre lorsqu'elle était pressée ?

Avec un soin exagéré, Jess posa son sac sur le rebord de la fenêtre, avant de redescendre en traînant les pieds. Elle songea qu'elle se ferait bien une tasse de chocolat chaud (allégé, bien sûr) parce que les dimanches après-midi de février ne sont pas réputés pour leur atmosphère festive, et que la journée avait été étonnamment stressante. Mais avant d'avoir pu mettre ce projet à exécution, elle remarqua un mot sur la table.

Jess, la mère de Fred a téléphoné.

C'était l'écriture de sa mère.

Le cœur de Jess fit un bond de panique. La mère de Fred ? Qu'est-ce que ça voulait dire ? Bonté divine ! Fred… Fred, raide mort ? Misère ! Fred rimait avec raide ! C'était un signe de mauvais augure ! De quoi s'agissait-il ? Il n'y avait pas de message ? Et où était la mère de Jess, pile au moment où elle avait tant besoin qu'elle réponde à ses questions ? C'est alors qu'elle remarqua un autre message, au crayon à papier.

Mamy et moi sommes allées voir les perce-neige à Stokebridge.

Des perce-neige ! Franchement ! Jess s'étonnait toujours des choses incroyablement ennuyeuses qui semblaient enchanter les générations précédentes.

Elle adorait la mère de Fred. Elle était câline, sympathique et chaleureuse. Un peu comme un nounours vivant. Mais lorsqu'elle n'était pas contente, elle pouvait se montrer soudain très dure.

Jess craignit qu'elle ait appelé pour lui reprocher d'avoir largué Fred.

Elle hésita, le cœur battant. Si le message avait indiqué « Fred a appelé », elle se serait fait un plaisir de l'ignorer superbement, dans la plus pure tradition de la bouderie. C'était un bon exercice pour mettre à exécution son projet d'effacer totalement Fred de son disque dur. Mais elle ne pouvait pas snober la mère de Fred. Elle pria pour qu'elle ne la supplie pas de se réconcilier avec Fred, pour qu'elle ne murmure pas, lèvres pincées, combien elle était affectée par leur séparation. À contrecœur, Jess s'approcha lentement du téléphone, comme s'il s'agissait d'un pétard qui menaçait d'exploser.

Et soudain, il éclata – enfin, sa sonnerie du moins –, résonnant comme le cri aigu d'un animal blessé dans la maison vide et silencieuse.

3

Jess souleva craintivement le combiné, comme s'il risquait de la brûler. Ses méninges turbinaient à cent à l'heure. Quelle attitude devait-elle adopter avec la mère de Fred ? Amicale et radieuse comme si de rien n'était ? Polie mais réservée ?

– Allô ? répondit-elle, tout à la fois « polie mais réservée » et « amicale et radieuse ».

C'était miser beaucoup sur un simple « allô », mais elle voulait parer à toute éventualité.

– Ah, Jess ! (C'était Flora.) J'ai essayé ton téléphone portable, mais il est éteint !

– C'est ton père qui m'a demandé de l'éteindre, expliqua Jess, avec un sentiment de culpabilité mêlé d'indignation.

– Ah, quel idiot ! Il va rentrer d'un instant à l'autre, il faut que je fasse vite. Écoute, Jess, c'est terrible. Apparemment, l'affaire de papa est en pleine crise !

– Non ? souffla Jess.

Elle ne savait pas bien ce que ça impliquait, mais cette annonce ressemblait bel et bien à une mauvaise nouvelle.

– Si ! (Flora avait l'air découragée.) Il paraît que le marché s'est effondré !

– C'est dramatique ! gémit Jess en essayant de se rappeler ce que faisait le père de Flora.

« Il vendait des salles de bains, non ? »

– Ma mère est toujours en train de pleurer en haut, chuchota Flora d'un ton alarmé. Papa lui a dit qu'on devrait peut-être vendre la maison et déménager dans quelque chose de beaucoup plus petit !

– Oh, non, c'est horrible ! soupira Jess, compatissante, même si elle-même vivait dans une maison de taille bien plus modeste. Eh, mais la maison d'à côté est en vente, vous pourriez vous installer ici !

Il y eut une petite pause glacée.

– Oh, ce serait mignon ! s'écria Flora. Mais il nous faut vraiment quatre chambres, tu sais ? Nous sommes trois, plus papa et maman.

– Eh bien, en ce moment, moi je partage une chambre avec ma propre mère, lui rappela Jess. Parce que mon père a perdu celui qui l'entretenait ainsi que son toit à cause d'un malheureux petit instant de négligence.

– C'est clair! Que se passe-t-il dans le monde?
gémit Flora. La civilisation que nous connaissions
s'effondre! Je risque de devoir partager la chambre
de Felicity pour qu'on puisse sous-louer la mienne!
Et maman va devoir essayer de trouver un boulot,
c'est une catastrophe!

– Mon père aussi cherche du travail, lui rappela
Jess.

Elle était désolée pour Flora, mais elle trouvait
que la famille Barclay n'avait pas le monopole des
mauvaises nouvelles.

– Il faut que j'y aille, ma belle. J'entends la voiture de mon père. Il va devoir la vendre aussi. On
n'aura peut-être plus les moyens d'avoir une voiture, ou alors elle sera minuscule!

– C'est vraiment dur! compatit Jess.

La voiture de sa mère était si antique qu'elle avait
dû être un jour tirée par des chevaux.

– Flo, je suis vraiment désolée pour toi! lui assura
Jess en refoulant ses pensées peu charitables.

– Je dois y aller. On se rappelle! souffla Flora
avant de raccrocher.

Jess replaça le combiné sur son socle et fixa le
mur. Pauvre Flora! Elle avait toujours eu une existence privilégiée, avec des voyages aux Caraïbes,
des lustres en cristal et des jetés de sofa en cachemire, et une charmante mère paresseuse qui flottait

dans la maison en *déshabillé* et passait ses journées à préparer de petites surprises pour les autres ou pour elle-même. Jess n'avait jamais été *réellement* jalouse de son amie parce qu'elle appréciait sa petite maison à elle, avec sa mère et sa grand-mère, et que l'atmosphère dans la grande et élégante maison de Flora était souvent bien plus tendue que chez elle.

Elle se fit la réflexion, avec un soupçon de satisfaction, que Flora allait voir ce que signifiait vraiment avoir des fins de mois difficiles. Comme Jess, dont la mère était bibliothécaire, et la grand-mère retraitée. On ne parle pas souvent des lustres possédés par des bibliothécaires. On ne voit pas de bibliothécaires prenant la pose sur le tapis rouge lors des sorties de films, harnachées de bijoux et de tenues de créateurs.

Jess soupira. Elle ressentait une sincère compassion pour Flora, et était affectée par ce qui lui arrivait, mais il y avait tellement d'autres pensées compliquées qui lui encombraient l'esprit en ce moment ! « Peut-être, s'interrogea Jess, ne serait-il pas si mauvais pour Flora de découvrir la vraie vie. » Mais comme cela lui semblait assez méchant d'avoir ce genre de réflexions en pareilles circonstances, elle les refoula, et se demanda si elle ne commençait pas à faire de l'hypoglycémie, vu l'imbroglio de ses pensées. Flora et elle n'avaient pris qu'une petite salade à midi parce qu'elles avaient décidé d'un commun accord qu'elles devenaient trop grasses. Jess allait avoir besoin d'un sandwich.

Puis son regard tomba de nouveau sur le message : *Jess, la mère de Fred a appelé.* Au secours ! Voilà l'autre crise ! La crise de proportions cosmiques qui avait bouleversé sa vie !

Devait-elle appeler tout de suite ou manger d'abord un sandwich ? Jess avait surtout hâte d'en finir, donc elle attrapa le téléphone et composa de nouveau le numéro du fixe de chez Fred. Il y avait une faible probabilité que Fred lui-même réponde. Elle se racla nerveusement la gorge et se prépara à se comporter de manière froide mais amicale.

– Allô ?

C'était sa mère.

– Bonjour, Mrs Parsons. C'est Jess.

– Oh, Jess ! Félicitations pour le succès d'hier soir ! Peter m'a dit que c'était bondé, et que l'ambiance était fantastique.

« Qui était Peter ? Ah oui, le père de Fred, qui s'était occupé du bar. »

– C'était vraiment gentil de la part de Mr Parsons de nous aider avec le bar, remercia Jess.

Elle n'en croyait pas ses oreilles : la mère de Fred avait téléphoné pour la féliciter à propos du gala.

– Je suis désolée de ne pas avoir pu y assister,

poursuivit Mrs Parsons. Mais comme Fred te l'a sans doute dit, ma mère a attrapé la grippe.

– Oh, mince ! J'en suis désolée ! s'exclama Jess. Fred ne m'a rien dit.

– Je crois qu'elle l'a attrapée de Fred. Ça l'a rendue bien malade, donc je passe beaucoup de temps à son appartement. Quelle semaine ! Entre Fred alité ici et ma mère à l'autre bout de la ville...

– Oh, ma pauvre !

Jess se demandait où cette conversation allait les mener.

– Mon pauvre Fred a fait une rechute, dit Mrs Parsons.

– Oh non ! s'écria Jess, aussitôt inquiète.

Elle réprima bien vite ce sentiment en se rappelant qu'il l'avait bien mérité après lui avoir volé la vedette et l'avoir forcée à renoncer à son numéro en gambadant déguisé en amibe. Quel idiot !

– Je crois qu'il n'était pas suffisamment remis pour aller au gala hier soir, continua Mrs Parsons, mais il a soutenu qu'il était en forme. Il ne voulait sûrement pas te laisser tomber.

Il ne voulait pas la laisser tomber ? Il ne faisait que ça depuis des semaines, alors qu'elle essayait désespérément d'organiser ce foutu truc ! Jess mourait d'envie de lancer : «Il ne voulait surtout pas manquer une occasion de se faire mousser et d'être la coqueluche de la soirée!» Mais Mrs Parsons n'avait pas la moindre idée de ce qui s'était passé lors du Bal du Chaos et Jess savait que les gens peuvent se sentir mal à l'aise quand on critique leur progéniture. Elle devait modérer ses propos.

– En fait, je ne m'attendais pas à le voir là du tout, corrigea-t-elle, essayant de paraître totalement cool à propos de tout ça, même si elle était à peu près aussi détendue qu'un bulldog allergique à l'eau dans un bain moussant. Je m'en serais bien sortie toute seule. Fred n'avait pas besoin de venir, vraiment.

– Oh, il n'aurait jamais voulu te laisser le bec dans l'eau, réagit Mrs Parsons d'une voix pleine d'adoration envers son héros de fils – ce qui énerva profondément Jess. Il savait combien tu comptais sur son soutien.

Elle attendait visiblement que Jess se joigne au concert de louanges dédié à saint Fred, lui assurant que la vie sans lui était inimaginable, creuse et dénuée de sens.

– Quel dommage qu'il s'en soit rendu malade, cependant, dit sèchement Jess. Est-ce qu'il devra manquer les cours, demain?

– Sans doute. Il est retourné au lit et a de nouveau de la fièvre, décrivit sombrement sa mère. Il a parlé de ce livre de Stephen King qu'il t'a prêté…

Tu pourrais peut-être passer le déposer demain en allant au lycée ?

– D'accord, répondit Jess.

Il faudrait qu'elle demande à Mackenzie de rendre le livre à sa place. La dernière chose qu'elle souhaitait, c'était une confrontation avec Fred sur son lit de mort – enfin, presque. Ils s'étaient déjà disputés chez Fred, et comme les cloisons étaient assez fines, ils avaient dû se jeter des insultes à voix basse, ce qui était vraiment dommage. Pour ce genre d'occasion, rien ne vaut les cris à tue-tête.

– Oh, il faut que j'y aille, lui dit la mère de Fred. Il m'appelle.

Il y eut un blanc, elle attendait visiblement que Jess dise quelque chose comme « Faites-lui la bise de ma part », ou autre marque de sa tendresse amoureuse.

– D'accord. (Jess quitta vite le terrain sentimental.) Et remerciez encore Mr Parsons de nous avoir aidés. C'était super de sa part.

Quelques secondes après avoir posé le combiné, alors que Jess se dirigeait vers le réfrigérateur et salivait comme un escargot devant une belle laitue, la chose démoniaque sonna de nouveau.

– Jess, c'est ton incapable paternel. (Il y avait un bruit de circulation en fond sonore.) Je suis tombé en panne sur la A40 en allant à Oxford, et mon téléphone portable est déchargé. Il faut que tu appelles Jim et les gens qui m'ont prêté cette camionnette.

– Hein ? Qui ? Quoi ?

– D'abord, appelle Jim, celui qui nous a prêté les projecteurs. Je suis en train de les lui rapporter, tu te souviens ? Il faut que tu trouves son numéro. C'est dans mon carnet d'adresses, je crois qu'il est dans la poche de ma veste, en haut à gauche, et elle est sans doute accrochée au dos de la porte de ta chambre. Non, euh, il est peut-être dans ma poche arrière de jean, celui qui est plié dans ma valise. Attends, non, plutôt dans la sacoche de l'ordinateur…

Jess sentait des nappes de brouillard l'envelopper. Qu'est-ce qui pouvait encore aller de travers ?

4

Le lendemain matin, Jess passa dix minutes supplémentaires sur ses sourcils. Annoncer à tout le lycée que Fred et elle n'étaient plus ensemble serait un mauvais moment à passer, et elle voulait être au top, même en l'absence de Fred. Ça semblait d'ailleurs bien commode qu'il soit à nouveau malade : tout le côté gênant d'annoncer aux gens qu'ils avaient cassé retombait sur elle. Comme d'habitude, il lui laissait les corvées. Mais pour l'instant, elle devait déjà survivre au petit déjeuner. C'était devenu une véritable cérémonie depuis que son père était venu habiter chez elle. Il était du matin.

– Bon ! fit-il en se frottant les mains. Que diriez-vous d'une assiette d'œufs brouillés avec du bacon, des tomates, des saucisses, des haricots et des pommes de terre sautées ? Voilà de quoi tenir pendant toute une rude journée de tournage de pouces !

La mère de Jess remplissait le lave-vaisselle avec les assiettes sales de la veille, et sa grand-mère n'était pas visible. Elle faisait certainement la grasse matinée. Maman jeta un coup d'œil inquiet à l'horloge.

– Tim, Jess doit partir dans cinq minutes et moi dans dix. Et si on reportait ce grand repas à ce soir? Et n'oublie pas que je dois faire attention à mon cholestérol.

– Oui, papa. Ne le prends pas mal. On adore ton idée de délicieux festin, lui assura Jess en le prenant par le bras, mais maintenant j'ai l'habitude de manger seulement une tranche de pain.

– Jambalaya! cria-t-il avec panache.

– Quoi? demanda Jess en cherchant fébrilement son cahier d'exercices de français dans le bac à légumes.

– Jambal… aya! répéta-t-il, en chantant comme s'il interprétait un opéra-comique. C'est un plat cajun qui reprend les mêmes ingrédients que le petit déjeuner anglais traditionnel: œufs brouillés, saucisses…

– Tim, l'interrompit la mère de Jess d'un ton sérieux. J'apprécie beaucoup que tu fasses la cuisine, mais est-ce qu'on pourrait privilégier les plats allégés et pauvres en graisse? Des filets de saumon peut-être? Et du brocoli?

– J'ai horreur de l'odeur du brocoli qui cuit!

répondit-il avec un grand sourire. On dirait qu'un fourmilier a pété.

Elle le gratifia d'un regard dégoûté.

– Tu as l'air d'excellente humeur, lui reprocha-t-elle d'un ton glacial. Quel est ton programme de la journée ? Si tu ne sais pas comment t'occuper, tu peux faire les courses. (Elle poussa vers lui une liste.) Comme ça, je ne serai pas obligée de m'esquiver de la bibliothèque au moment de la pause déjeuner.

– C'est comme si c'était fait ! promit-il avec un moulinet du bras. Aujourd'hui est le premier jour du reste de ma vie. Hier soir j'ai compris que ma rupture avec Phil était la libération dont j'avais besoin depuis des siècles !

Papa campait dans la chambre de Jess parce qu'il avait rompu avec son merveilleux petit ami, Phil. Apparemment, c'était la saison des largages.

– Ta libération vers la pauvreté tu veux dire ? ironisa la mère de Jess.

– Eh bien, dans un sens, oui ! (Papa semblait positivement réjoui à l'idée d'être sans le sou !) Je n'aurais jamais dû le laisser m'entretenir. J'aurais dû subvenir à mes besoins moi-même.

– Ainsi qu'aux nôtres, peut-être ? fit-elle remarquer en haussant des sourcils sarcastiques.

– Oui, oui, vous aussi ! À partir de maintenant, je vais être responsable. Je vais me trouver un vrai boulot dès aujourd'hui, et ensuite trouver un endroit où habiter, pour ne plus être dans vos pattes, d'ici… oh, d'ici la fin de la semaine sans doute.

– Ça, il faudra que je le voie pour que j'y croie, commenta-t-elle sèchement.

– Lâche-le un peu, maman! protesta Jess.

Elle devinait qu'après quatorze ans de séparation, habiter sous le même toit, même de manière temporaire, devait être bizarre pour ses parents, mais elle n'appréciait pas la façon dont sa mère dénigrait le nouveau départ que voulait prendre son père.

– Bon, bon, je me suis juste levée du mauvais pied, ce matin, s'excusa sa mère avec un fantôme de sourire. (Elle n'était vraiment pas du matin.) C'est l'effet lundi, j'imagine. Je suis contente que tu te sentes libéré, Tim, même si on aimait bien Phil. Je pense que tu te sentiras libérée de ne plus sortir avec Fred, toi aussi, ajouta-t-elle en se tournant vers Jess.

Elle avait l'air un peu maladroite et incertaine.

– Quoi! s'exclama le père de Jess, surpris. Tu n'es plus avec Fred? Personne ne m'a mis au courant! Depuis quand?

– Tu as été occupé toute la journée hier, lui rappela Jess en s'enfouissant dans son manteau. Le trajet à Oxford et tout ça.

Elle ne tenait vraiment pas à avoir cette conversation juste à ce moment-là.

– Mais pourquoi? gémit-il, atterré. Ce gars était parfait pour toi… parfait!

– Pas maintenant, papa. Je te raconte tout ce soir, d'accord?

Jess s'enfuit de la cuisine et tenta de rallier la porte d'entrée.

– Mets ta casquette de trappeur en fourrure! lui cria sa mère. Il va faire un froid de canard, aujourd'hui! Et emporte une banane!

Jess attrapa une banane, décrocha sa casquette de trappeur de la patère dans l'entrée, et passa la tête dans la chambre de sa grand-mère pour lui dire au revoir. Mamy était assise dans son lit, et buvait son thé en regardant le journal télévisé.

– Ils ont retrouvé une fille qui avait disparu il y a vingt ans, lui apprit-elle, d'une voix essoufflée. Sa famille pensait qu'elle avait été assassinée, mais elle était juste enfermée dans un cabanon au fond d'un jardin.

– Super nouvelle, mamy! lui dit Jess avec un grand sourire.

Elle l'embrassa sur la joue avant de partir précipitamment pour le lycée. Elle était déjà en retard.

L'ironie de ce fait divers la fit réfléchir, tandis qu'elle marchait sur les trottoirs gelés: c'était une «bonne» nouvelle que la fille ait *seulement* été séquestrée pendant vingt ans. Il y avait des gens qui connaissaient un sort encore plus terrible que le sien – elle ne devait pas l'oublier.

Jess avançait péniblement et son cartable ballottait lourdement dans son dos. La foutue passion de Fred pour Stephen King! Elle n'avait jamais réussi à rentrer dans ce genre de livres, elle préférait ne pas lire d'histoires où il se passe des choses étranges et mortelles (elle n'avait pas hérité du goût de sa grand-mère pour les homicides), mais Fred persistait à lui prêter ces livres qui étaient gros comme des briques, en lui assurant qu'ils étaient géniaux et hallucinants. À ce rythme-là, elle serait couverte de bleus en arrivant au lycée.

Quand elle parvint enfin à destination, elle découvrit que la cloche avait déjà sonné. Heureusement, lorsqu'elle entra en classe, Mr Fothergill n'était pas encore arrivé et tout le monde papotait tranquillement.

– Eh, Jess! lui cria Jodie depuis l'autre extrémité de la pièce. C'est vrai que tu as largué Fred? Ou c'est lui qui t'a larguée?

Jess fut traversée par une onde de choc. Quelle horreur! Elle avait prévu de laisser subtilement entendre ce qui s'était passé entre Fred et elle, sans tambour ni trompette, à quelques amis triés sur le volet, au moment du déjeuner. Et voilà que la nouvelle était beuglée à travers tout le pays par la fille dotée de la voix la plus puissante du monde.

Qui l'avait mise au courant ? Flora était assise à côté de Jodie, l'air coupable. Jess les mitrailla du regard. Bon, c'était vrai qu'elle n'avait pas expressément demandé à Flo de ne pas en parler, et il faudrait bien mettre les gens au courant, d'une manière ou d'une autre, mais de là à claironner ça dans tout le lycée...

Jess fit mine de ne pas voir Jodie et alla s'asseoir à côté de Mackenzie et de Pete Collins, un garçon qui avait les dents proéminentes, de grandes oreilles et un sourire jovial.

– Salut, Mackenzie, lança Jess. Ça va ?

– Super numéro comique l'autre soir, lui dit-il. Je trouve que vous devriez aller au Festival d'Édimbourg l'été prochain, Fred et toi. J'allais vous proposer mes services pour tout organiser. (Mackenzie aimait se voir dans le rôle de l'impresario.) Mais c'est vrai, ce que Jodie vient de balancer ? Tu n'as quand même pas largué Fred, le roi du rire ?

Du coin de l'œil, Jess vit Jodie qui se dirigeait droit sur eux, accompagnée du fracas et des crissements produits par les meubles qui avaient le mauvais goût d'être placés sur sa trajectoire. Jess sortit rapidement le livre de Stephen King de son sac.

– Non, Fred et moi, nous ne sommes plus les meilleurs amis du monde, murmura-t-elle à l'intention de Mackenzie. D'ailleurs, je me demandais si tu pourrais déposer ça chez lui en rentrant du lycée ? Apparemment Fred a de nouveau la grippe, il ne viendra pas aujourd'hui.

Mackenzie sembla hésiter. Il prit le livre et fit une moue dubitative.

– En fait, j'avais prévu d'aller voir jouer BJ, il y a un match de foot juste après les cours. On joue contre Fernlea.

D'une paluche déterminée, Jodie prit le livre des mains de Mackenzie.

– Moi, je le lui apporterai, décréta-t-elle d'un ton sans réplique.

Jess ressentit une pique d'indignation lui transpercer le cœur, mais elle ne trouva pas les mots qui auraient su exprimer sa fureur. Elle s'efforça de recouvrer son sang-froid et sa dignité. Après tout, elle voulait donner l'impression de contrôler parfaitement sa vie et ses émotions. Personne ne devait savoir combien Fred l'avait blessée, ni à quel point elle était bouleversée à l'idée qu'il ne soit plus son petit copain. Elle se contenta de foudroyer Jodie d'un regard qui aurait suffi à faire griller du bacon.

– Ben quoi ? lui fit Jodie en inclinant la tête avec

une assurance assumée. Je passe devant chez lui en rentrant chez moi. Et puis si tu l'as largué, il faut bien que quelqu'un aille le voir et lui remonter le moral, non ?

5

À la pause, Jess eut l'occasion de parler en privé avec Flora.

– Tu avais besoin de tout raconter à Jodie ? lui demanda-t-elle.

Son amie se tortilla, mal à l'aise.

– Désolée, ma chérie, murmura-t-elle. Je ne savais pas que tu voulais que ça reste secret.

– Ben, OK, ça ne peut pas être un secret, les gens doivent être au courant. Mais que Jodie le crie en plein cours ! C'était carrément insoutenable.

– Je suis désolée, répéta Flora, dont les grands yeux bleus se remplirent de larmes.

Jess la prit par le bras.

– Eh, pas la peine de t'en faire ! lui dit-elle gentiment. Ce n'est pas grave.

– C'est juste que... je ne me sens pas trop bien, aujourd'hui, hoqueta Flora.

– Allons prendre des barres au chocolat! proposa Jess en l'entraînant vers la cafét'.

– Non, non, soupira Flora. Je ne veux pas prendre cette pente-là. C'est juste, tu sais... (Elle s'assit sur un muret qui longeait la cour.) Je me sens flagada... Je crois que ma mère envisage d'accueillir des hôtes, et il faudrait que je renonce à ma chambre, parce qu'elle a une salle de bains attenante.

– Oh, non! s'exclama Jess. Dur!

Elle ne lui fit pas remarquer qu'elle n'avait jamais eu, elle, de salle de bains attenante, et qu'elle ne s'en portait pas plus mal. S'en passer ne gâcherait pas non plus l'existence de Flora.

– Ma mère a piqué une crise... expliqua Flora, hésitant à poursuivre. C'est parce que mon père est au courant de la situation depuis un bout de temps, et qu'il ne lui a rien dit. Il n'arrivait pas à assumer. Du coup, elle débarque complètement.

– Pourquoi ne lui a-t-il rien dit?

– Eh bien, mon père est en quelque sorte en adoration devant ma mère. Je sais qu'il ressemble un peu à un ogre et qu'il est toujours sûr de lui, mais en fait il la met sur un piédestal. Il dit qu'elle est sa princesse. Il veut la protéger de toutes les difficultés et s'occuper d'elle au mieux. Tu sais, en «bon père de famille». Il n'a jamais voulu qu'elle ait à travailler, et maintenant, elle va devoir le faire. Elle a pleuré toute la nuit.

– Ma mère a toujours dû travailler ! rétorqua sèchement Jess.

Flora eut l'air déroutée l'espace d'un instant, puis reprit contenance.

– Ah oui, je sais. Ça fera du bien à ma mère et tout. En fait, elle le disait elle-même ce matin à la table du petit déjeuner. Mais je n'aime pas voir ma mère pleurer. C'est vraiment perturbant.

– Oui, c'est sûr. (Jess essaya de trouver quelque chose de réconfortant à lui dire.) Je crois que c'est son boulot qui a évité à ma mère de devenir folle, tu sais. Et ça lui donne confiance en elle, aussi. Ta mère pourrait peut-être trouver un travail à la bibliothèque ! Je demanderai à ma mère s'il y a des postes vacants.

– Merci, dit faiblement Flora, que l'idée ne semblait pas emballer. Le problème, d'après mon père, c'est qu'il y a tellement de gens au chômage en ce moment que, chaque fois qu'elle postulera pour une place, elle sera en concurrence avec plein de jeunes diplômés. (Elle soupira encore.) C'est pour cette raison que la chambre d'hôte semble être la seule solution.

– Eh, regarde, cette fille ressemble un peu à un canard, murmura Jess, tâchant de distraire Flora avec un grand classique du comique.

Flora examina pensivement la fille en question, sans sourire.

– Je ne supporte pas l'idée de partager ma chambre avec Felicity. (Elle fit une grimace de dégoût.) Tous les soirs elle passe des heures à souffler dans sa stupide flûte. Et s'il n'y avait que ça.

– Bon… (Jess faisait son possible pour amener Flora à prendre un peu de distance.) Rappelle-toi qu'en ce moment je partage la chambre de ma propre *mère*, parce que mon incapable de père squatte la mienne.

– Oui, mais ce n'est pas trop grave, pour toi, répliqua tristement Flora.

– Pourquoi ça ?

– Tu as l'habitude de… (Flora sembla changer soudain d'avis sur ce qu'elle allait dire, et rougit un peu.) Ta famille est tellement plus… souple.

Jess sentit une bouffée d'exaspération l'envahir. Elle savait ce que pensait vraiment Flora : elle méprisait sa maison.

– Oui, lâcha-t-elle d'un ton acerbe. Ce n'est pas facile de vivre dans un taudis, mais comme nous autres paysans n'avons jamais connu autre chose…

Flora se tourna vers Jess avec une expression de peur panique et la saisit par la manche.

– Mais ma chérie, je ne voulais pas… enfin, je suis désolée, je dis n'importe quoi. Mais tu as tellement plus de chance que moi. Vraiment !

– Pourquoi? demanda Jess, réellement étonnée.

– Parce que tes parents... sont déjà divorcés!

– Attends, tu ne veux quand même pas dire que...?

Flora haussa les épaules.

– Qui sait? Si tu avais entendu maman l'autre soir, elle... C'est un tel choc pour elle... Je ne sais pas... Elle peut être impulsive.

Jess ne répondit pas, essayant de s'imaginer avec une mère impulsive. Elle regrettait souvent que sa mère ne soit pas plus spontanée et moins précautionneuse. Bon, elle s'était récemment adonnée aux sites de rencontre, ce qui, il fallait bien l'admettre, était assez impulsif de sa part, mais elle l'avait fait de manière terriblement prudente. Elle avait même emmené Jess à certains rendez-vous pour ne pas se retrouver seule avec des inconnus.

– Et puis de toute façon... reprit Flora en suivant son raisonnement, tu n'es dans la chambre de ta mère que pour quelques jours, jusqu'à ce que ton père se trouve quelque chose, non? Moi, je vais partager ma chambre avec Felicity pour, genre, l'éternité.

– Et quand Freya rentrera à la maison? demanda Jess, en imaginant l'extravagante et sexy Freya essayant de trouver sa place dans le mode de vie «nouveaux pauvres» des Barclay.

– Quand Freya aura compris ce qui se passe, je crois qu'elle ne quittera plus jamais Oxford pour nous rendre visite, prédit Flora d'une voix sombre.

Elles restèrent silencieuses le temps qu'un groupe de gamins les dépasse pour aller au gymnase.

– Mais ne parlons plus de tout ça, finit par dire Flora. Qu'allons-nous faire à propos de Jodie qui veut rendre visite à Fred ? Comment l'en empêcher ?

– Et pourquoi on devrait l'en empêcher ? fit Jess en haussant les épaules. Nous sommes en pays libre.

– Tu veux dire que tu te fiches qu'elle aille le voir ?

Jess réfléchit une minute – ou plutôt quatre. Les pensées et les émotions tourbillonnaient dans son esprit comme des vêtements dépareillés dans un sèche-linge : rage meurtrière, rage criminelle, rage muette, rage frémissante…

– Oh, je m'en fous, finit-elle par déclarer. Après tout, c'est fini entre Fred et moi, alors il est libre de faire ce qui lui chante, pas vrai ?

Ce n'était pas tant que Jodie (gaffeuse et exubérante comme à son habitude) aille voir Fred qui gênait Jess. Ce qui comptait vraiment, c'était la réaction de Fred. S'il se souciait réellement de Jess, il serait sûrement blessé qu'elle ne rapporte pas elle-même le livre. Peut-être avait-il parlé à sa mère du livre de Stephen King exprès pour pousser Jess à lui rendre visite... Mais d'un autre côté, si c'était toujours à Jess de faire des efforts et d'aller vers lui, leur relation n'irait pas mieux. Elle était toujours fâchée du comportement qu'il avait eu, et il allait devoir faire un geste et prendre l'initiative de recoller les morceaux, pas la convoquer à son chevet comme si elle était sa servante.

Le lendemain matin, Jess arriva au lycée en avance et, avec Flora, elle s'appropria le meilleur radiateur.

– Quelles sont les nouvelles du front chez les Barclay ? chuchota Jess.

– Oh, ma mère commence à être vraiment emballée par cette idée de chambre d'hôte. Elle adore avoir quelque chose à organiser, tu sais. Et il paraît que je peux avoir la chambre de Freya pendant qu'elle est à la fac.

Finalement, Flora n'aurait même pas à partager la chambre de Felicity, la plupart du temps.

– Comment tu vis ça, maintenant ? demanda Jess.

Son amie haussa les épaules.

– Il y a tant d'autres trucs qui se passent. Hier soir mon père était d'une humeur bizarre. Il a dit qu'il voulait partir en Australie.

Jess attrapa Flora par le bras.

– Pas question que je les laisse te traîner là-bas !
s'écria-t-elle, paniquée. Sauf si je peux venir avec
vous ! Eh, c'est peut-être la solution ! Imagine... le
surf, les sauveteurs bronzés !

– Maman a refusé. Elle a dit que ça lui ruine-
rait le teint. Alors il s'est incliné. Mais il a quand
même l'air bizarre, comme s'il risquait de faire
quelque chose d'imprévisible. Ce matin ma mère
a caché ses clés de voiture, de peur qu'il ne prenne
le volant et ne se jette d'une falaise.

Jess la regarda, bouche bée. Elle n'imaginait pas
son père faire une chose pareille : il avait déjà le
vertige dans les escalators du centre commercial.

– C'est sa fierté masculine qui en prend un
coup, je crois, expliqua Flora.

– Je crois que mon père n'a aucune fierté masculine, fit remarquer Jess. Hier soir, il parlait de
trouver un poste d'aide-soignant.

Flora eut l'air surpris.

– Je n'imagine pas mon père faire ça.

C'est alors que Jodie apparut. Et fonça droit sur
elles.

– Fred va mieux, les informa-t-elle. Sa mère a dit
qu'elle pense qu'il sera remis pour demain.

Elle jeta à Jess un regard étrange, comme un
défi.

La mère de Fred avait parlé à Jodie, comme elle

parlait d'habitude à Jess! Et pourquoi s'en serait-elle privée?

– On a joué au Scrabble, poursuivit Jodie en se laissant tomber sur une chaise voisine avant de jeter son sac à côté d'elle. Fred a fait deux cent soixante points, et moi, quatre-vingt-six. Il m'a dit que j'avais un petit pois à la place du cerveau! Ha ha!

Jess sentit aussitôt le danger. Bien sûr, un observateur extérieur aurait eu l'impression qu'il se moquait de Jodie, mais Jess connaissait la manière spéciale dont Fred distribuait les compliments. Un vent de panique souffla sur elle. Bravement, elle s'efforça de ne pas en tenir compte. Bon, Fred et Jodie avaient joué au Scrabble. Et alors? Alors sa visite avait duré au moins une heure, voire une heure et demie. Voilà. Et il lui avait dit qu'elle avait un petit pois à la place du cerveau... il lui lançait des fleurs par bouquets entiers! Dans l'imagination fébrile de Jess, Jodie et Fred étaient déjà en couple.

6

En fait, deux jours s'écoulèrent avant que Fred ne réapparaisse à l'école. Le contexte n'était pas idéal : Jess avait eu une panne d'oreiller et arriva en retard, juste au moment où Mr Fothergill finissait de faire l'appel. Elle ne repéra pas tout de suite Fred, assis au fond. La classe lui apparaissait dans un grand flou artistique. Elle avait dû faire une partie du trajet au pas de course. Résultat, elle avait le visage aussi rubicond qu'un coucher de soleil sur la place Rouge.

– Désolée, Mr Fothergill, haleta-t-elle. La voiture de mon père n'a pas voulu démarrer, alors j'ai dû venir à pied.

C'était un double mensonge. Son père n'avait même pas de vélo, alors une voiture, n'en parlons pas.

Fother la regarda par-dessus ses lunettes.

– Si vous êtes en retard une fois de plus, Jess Jordan, dit-il d'un ton qu'il voulait sévère, je vais devoir passer aux mesures disciplinaires.

– Je vous promets que ça n'arrivera plus, lui assura Jess.

Ce bon vieux Fother n'était pas capable de donner dans le registre strict. Il était à peu près aussi menaçant qu'un koala en peluche. Mais Mr Powell (Irascible Powell pour ses victimes), le principal, possédait un cri capable de fendre des bûches de chêne bien sèches. Il aurait pu se trouver un job à mi-temps dans une scierie.

Jess éblouit Mr Fothergill d'un grand sourire éclatant. Elle savait qu'elle était une de ses chouchoutes. Le vieux Fother avait un penchant pour le showbiz – dans une autre vie, il avait peut-être été un comique de télé – et il appréciait Jess pour ses ambitions.

– Asseyez-vous, grogna-t-il en essayant de se montrer ferme.

Il se gratta distraitement la tête et réussit à faire tomber ses lunettes.

Il y eut quelques rires épars.

Jess en profita pour fuir vers le fond de la classe. C'est alors qu'elle vit Fred. La seule place disponible était juste de l'autre côté de l'allée. Elle était obligée de s'asseoir là. Il était trop tard pour faire comme s'il n'existait pas. Elle avait déjà croisé son regard et sentit le choc se répercuter dans sa cage thoracique, tandis que tout son visage prenait une teinte cramoisie encore plus soutenue.

À ce moment-là, Joe Kennedy alla demander quelque chose à Mr Fothergill, et pendant qu'ils parlaient, un léger bourdonnement s'éleva dans la classe. Jess s'installa à son bureau en se demandant si elle devait saluer Fred. Après tout, ils ne pouvaient pas continuer à s'ignorer. Il n'y avait rien de plus débile. Mais non, elle ne le regarderait pas. C'était à lui de faire le premier pas.

– Eh, fit la voix de Fred, étouffée, venant de l'autre côté de l'allée.

Elle avait tourné la tête avant même d'avoir pu décider si c'était ou non une bonne idée. Il la regardait d'un air moqueur.

– Je crois que je te reconnais, dit-il. Tu étais Jess Jordan, avant, non ?

Jess se sentit piquée, même si ce n'était pas une insulte directe. C'était bizarre, et ça faisait discrètement allusion à leur rupture, en public. Consciente qu'autour d'eux les oreilles se faisaient indiscrètes, elle devait trouver une repartie cinglante.

– Moi, je ne te reconnais pas, dit-elle, sourcils froncés. Oh, attends. Je crois que je t'ai déjà vu une fois... sous la lamelle de mon microscope.

La remarque déclencha quelques rires, et Jess se tourna vers sa droite. Elle avait l'impression d'avoir marqué un point contre Fred, et pourtant, au fond c'était elle qui était blessée.

Béatrice Ashton était assise à côté d'elle. Elle avait une allure de suricate inquiet avec son long nez pointu, ses grands yeux anxieux et ses cheveux courts et duveteux. Il ne manquait plus qu'elle se mette à creuser le sol.

– Salut, Béatrice! lui dit Jess avec un grand sourire.

Elle n'avait jamais vraiment fait attention à cette camarade de classe auparavant mais, pour faire la gueule à Fred, elle allait devoir faire la connaissance de Béatrice.

– Ça va? lui demanda Jess.

Horreur! Les yeux de Béatrice s'emplirent aussitôt de larmes.

– Ma mère doit entrer à l'hôpital pour subir une hystérectomie! gémit-elle. Et mon père dit que cet hôpital a mauvaise réputation, il y a beaucoup de complications nosocomiales! Hier soir j'ai regardé sur Internet et j'ai appris qu'il existe des bactéries mangeuses de chair qui peuvent littéralement te dévorer!

Jess fut parcouru d'un frisson d'horreur et elle posa une main compatissante sur le bras de sa voisine. Il fallait bien qu'elle la rassure.

– Je suis sûre que ta mère va très bien s'en tirer. Ma mère a eu une hystérectomie à l'hôpital Saint-George il y a deux ans et tout s'est bien passé. Elle a même repris le tennis quelques semaines seulement après l'intervention.

Béatrice ouvrit de grands yeux.

– C'est vrai ? souffla-t-elle.

Jess opina du chef.

– Parfaitement.

«Dieu, je vous en prie, ajouta-t-elle en une prière silencieuse, pardonnez-moi pour ce mensonge au sujet de ma mère. Elle ne s'est jamais adonnée au tennis ni à l'hystérectomie, comme vous le savez, mais il fallait bien que je remonte le moral de cette pauvre Béa.»

– Oh, merci ! hoqueta Béatrice en pétrissant la main de Jess. Est-ce que tu crois que ma mère pourrait appeler la tienne pour, euh, parler de ça ?

– Bien sûr ! accepta Jess, complètement paniquée jusqu'au tréfonds de son être.

Malgré ses excuses promptement présentées au Divin, elle s'était mise jusqu'aux sourcils dans la substance nauséabonde. Elle gribouilla un numéro de téléphone sur un bout de papier et le donna à Béatrice. Ce n'était pas le numéro de chez elle. En fait, c'était une suite de chiffres pris au hasard. Jess faisait son possible pour gagner du temps.

– Je n'ai pas fermé l'œil de la nuit! lui confia Béatrice. Je n'ai pas osé parce que, la nuit d'avant, j'avais rêvé que ma mère mourait!

«Oh, ça va, maintenant, Béa, pensa Jess, agacée. Quand je t'ai demandé si ça allait, ce n'était pas pour une séance de thérapie.»

Jess perçut la voix de Fred qui disait quelque chose, mais la crise de nerfs en direct de sa voisine en oblitéra le sens. Il y eut une vague de rires. Fred avait lancé une vanne! Qu'est-ce qu'il avait dit? Et si c'était une plaisanterie sur elle?

Jess trouvait pitoyable de se focaliser sur ce que Fred pouvait dire derrière son dos alors qu'elle savait que son devoir d'être humain consistait à réconforter Béa, qui en avait bien besoin. Et elle était réellement reconnaissante que sa propre mère ne soit pas sur le point de subir une opération grave ou de se faire dévorer toute crue par une bactérie dévastatrice. N'empêche qu'elle aurait préféré ne pas s'impliquer là-dedans.

Lorsqu'elle avait demandé à Béa si ça allait, la réponse attendue était bien sûr: «Bien, merci. Et toi?» Béa avait brisé les règles sociales de la conversation en étalant son drame personnel, et Jess avait été punie pour ses horribles pensées. Il ne faudrait pas longtemps à la mère de Béa pour trouver le vrai numéro de Jess, et alors elle appellerait sa mère pour l'interroger sur une opération qu'elle n'avait jamais subie. Et le pire, c'était que Jess n'avait qu'à s'en prendre à elle-même pour cette catastrophe.

– Bon! cria Mr Fothergill alors qu'une sonnerie stridente résonnait, appelant d'innocentes victimes en cours de maths (que du bonheur!). Vous pouvez partir!

– Ne t'inquiète pas, Béa. Tout ira bien! lui promit Jess en s'éjectant de sa chaise comme un coureur jaillissant des starting-blocks pour atteindre la porte.

Pas question de se faire recruter comme meilleure amie de secours en l'absence d'Emma Forrester (sûrement pour cause d'oreilles cassées). Jess ne voulait pas traîner de toute façon. Elle ne tenait pas à donner l'impression d'être une âme en peine, ou d'espérer que Fred l'accompagne ou lui fasse un compliment. Elle n'attendrait même pas Flora. Elle se contenta de foncer vers son cours de maths avec autant d'empressement que si elle allait à la pizzeria pour une soirée «une achetée, une offerte».

À midi, il pleuvait si fort que la cour en pente douce s'était transformée en circuit de rafting. Jess et Flora se dirigèrent vers le foyer des élèves, où bon nombre d'activités tranquilles avaient lieu: échange de potins, tatouages amateurs au feutre, dessin de moustaches sur photos de femmes célèbres dans un magazine people... Installé dans le fond, Fred semblait jouer aux échecs avec Mackenzie – sous la supervision de Jodie. Bien qu'il y eût vingt-trois autres personnes présentes et une dizaine d'activités en cours, dès que Jess entra dans la pièce elle remarqua que la main gauche de Jodie était posée sur le dossier de la chaise de Fred, et qu'elle touchait le dos de Fred du bout des doigts. Ou du moins, qu'elle était assez proche pour sentir son aura.

Dévastée par cette vision désastreuse, Jess se dirigea vers le coin opposé en affichant une expression de gaieté forcée. Au moins, Béatrice ne semblait pas être dans les parages – c'était déjà un souci en moins. Mais Jess espérait quand même avec un soupçon de culpabilité qu'elle n'était pas en train de pleurer dans les toilettes.

Une fois qu'elles se furent emparées d'un radiateur, Jess et Flora se retrouvèrent dans un petit coin rien qu'à elles où elles pouvaient papoter tranquillement. Flora sortit un paquet de chocolats en forme d'animaux.

– Finalement, le chocolat est une gourmandise permise, chuchota-t-elle en tendant le paquet à Jess. Les scientifiques ont découvert qu'il contient une substance qui est bonne pour la santé.

Jess prit un éléphant qu'elle enfourna aussitôt.

– Dans ce genre de circonstances, déclara-t-elle, seul le chocolat m'empêche de sombrer dans la folie. Ces animaux sont en voie d'extinction tellement avancée que d'ici deux minutes il n'en restera plus un seul.

– Qu'est-ce qui t'angoisse autant ? demanda Flora d'un ton de défi. Je suis chassée de ma chambre, mes parents ont des disputes de dimension olympique et nous avons dû annuler notre voyage de Pâques à la Barbade.

À cet instant, une salve d'acclamations explosa dans le coin des échecs. Visiblement, Fred avait battu Mackenzie, car il donnait des coups de poing victorieux en l'air. Ses longs bras maigres, qu'il avait si souvent enroulés autour de Jess, semblaient à présent étrangement lointains et incontrôlables.

– BRA-VO ! hurla Jodie en lui tapant dans le dos. Eh, tout le monde ! Ce soir il y a un tournoi d'échecs contre le lycée St-Patrick, il faut qu'on reste après les cours pour encourager Fred !

– Quoi ? s'insurgea Jess. Pour applaudir dans le public après chaque coup ? Désolée, j'ai oublié ma jupette et mes pompons.

– Il faut que tu viennes, Jess ! insista Jodie. Tout le monde sera là !

Si Jodie s'était promue manager du fan-club de Fred, Jess ne ferait jamais partie de cette organisation.

– Désolée, je ne peux pas, s'empressa-t-elle de dire. J'ai déjà quelque chose après les cours.

– Comme quoi ? demanda Jodie.

– Occupe-toi de tes oignons ! répliqua Jess.

C'était une remarque stupide et mal lunée. Jess savait que ce tournoi contre St-Patrick risquait d'être un bon moment si tout le monde était là. Elle savait aussi que Fred serait très mignon, comme chaque fois qu'il était concentré sur quelque chose, avec ses sourcils froncés de manière adorable et ses grands yeux gris tout pensifs. Jess allait manquer tout ça, et c'était sa faute.

7

Après les cours, Jess et Flora allèrent au Dolphin Café. C'était bondé, et elles durent s'asseoir sur des tabourets, face au mur. Jess commanda un café au lait, mais Flora ne prit que de l'eau – en partie pour sa ligne, mais aussi par souci d'économie.

– Maintenant je dois faire partie des pauvres, dit-elle.

Jess but une petite gorgée de café. Elle se sentait un peu coupable : aurait-elle dû insister pour payer un café au lait à Flora ?

– Je vais vendre mes vieux vêtements sur eBay, poursuivit son amie. Et puis je cherche un petit boulot pour mes samedis. Eh, on pourrait chercher ça ensemble !

– Oui, pourquoi pas ? accepta Jess, alors qu'en son for intérieur elle trouvait que c'était une idée abominable.

Le but même du samedi était de pouvoir faire la grasse matinée jusqu'à midi, puis de s'extraire du lit et de savourer d'avance les longues heures de temps libre devant soi. Mais elle n'osa pas le dire. Il était important de soutenir Flo au maximum.

– On pourrait laver des voitures sur le parking du supermarché, proposa Flora, qui réfléchissait tout haut. Il y avait des gens qui faisaient ça la semaine dernière. Ils ont récolté un pactole.

– Mais je crois que c'était pour une organisation caritative, lui fit remarquer Jess. On ne peut pas vraiment dire : «Nous lavons des voitures pour venir en aide à nos petites personnes gâtées comme des coqs en pâte.»

– Oui, je suis tellement grosse, se plaignit son amie, alors que son ventre était si plat qu'on pouvait utiliser Flora comme table basse quand elle s'allongeait.

Jess soupira.

– Je ne parlais pas de toi, bêtasse, lui assura-t-elle avec un sourire réprobateur. Puis elle soupira de nouveau. Je me demande comment se passe le tournoi d'échecs... murmura-t-elle.

– Pourquoi tu n'y es pas allée ?

– Quoi ? Pour voir Jodie baver devant Fred ? J'aimerais mieux avaler tout un jeu d'échecs, plateau compris.

– Oui, évidemment! compatit Flora. Mais vous allez vite vous remettre ensemble, non? Une fois que Fred aura accompli son exploit héroïque et qu'il aura de nouveau la cote. Tu ne veux pas que je lui en parle, tu es sûre?

– Oui! répondit fermement Jess.

Elle avait déjà assez de soucis avec Jodie qui tournait autour de Fred. Elle n'avait pas besoin que Flora s'y mette aussi en organisant des conversations privées avec lui. Non seulement Flora avait connu une trouble fascination pour Fred par le passé, mais Jess ne voyait pas pourquoi Flo pourrait avoir le plaisir de sa compagnie et pas elle. Même s'ils s'étaient séparés quelques jours auparavant seulement, Fred lui manquait. C'était une torture de l'imaginer blaguant avec d'autres gens. Avec un peu de chance, lui aussi était tourmenté par le manque. Ou bien était-il prêt à faire le clown pour n'importe qui?

– Je déteste ces histoires de rupture, dit tristement Flora. Mes parents continuent de se disputer tout le temps au sujet des problèmes de mon père à son boulot.

– Ils s'accusent mutuellement?

– Non, c'est assez mignon, d'un certain côté. Chacun s'accuse personnellement. Mon père, c'est, genre: «J'ai trop investi alors que la situation économique était déjà instable. J'aurais dû repérer les signes annonciateurs et réduire les effectifs bien plus tôt. Je n'ai pas été à la hauteur, Princesse.» Alors ma mère proteste : «Non, non, c'est ma faute ! Pendant toutes ces années, j'ai été paresseuse, je suis restée traîner à la maison. Si je m'étais levée du sofa pour trouver un travail, nous ne serions pas dans le pétrin.»

– Je ne trouve pas que ça ressemble à une dispute, ça, dit Jess, songeuse. Quand on se dispute, maman et moi, il y a beaucoup de cris, et une fois je lui ai jeté une assiette à la figure.

– Tu as fait ça, ma chérie ? Ouah ! Tu as cassé de la vaisselle ?

– Enfin, c'était une assiette en plastique en fait, avoua Jess. Et comme j'ai manqué ma cible d'environ un kilomètre, elle a rebondi sur le mur sans faire de dégâts. On n'est pas très douées en disputes non plus. Même si l'atmosphère est un peu tendue à la maison, vu qu'on a papa dans les pattes.

– Mais ça doit quand même être chouette, non, d'être en famille pour un temps ?

– Ça pourrait l'être si on avait une chambre d'amis, grommela Jess.

Flora hocha la tête, puis son regard se fit lointain et tragique.

– Mercure doit vraiment rétrograder...

– Haut les cœurs ! dit Jess. On peut toujours

s'offrir un petit plaisir, un ciné ou quelque chose comme ça.

– Si je peux me le permettre, soupira Flora, sombrant de nouveau dans la déprime.

Lorsque Jess arriva chez elle, une délicieuse odeur de fromage l'accueillit. Sa grand-mère s'activait dans la cuisine.

– C'est quoi cette odeur somptueuse, divinité de la cuisine ? demanda Jess en serrant sa grand-mère dans ses bras.

Elle remarqua quelle chance elle avait. Elle avait des parents en assez bonne santé (touchons du bois, Dieu merci, etc.), et apparemment c'était un avantage qu'ils soient divorcés à l'amiable. Et la cerise sur le gâteau, c'était sa mamy, affectueuse, active et passionnée par les meurtres, mais seulement en tant que spectatrice.

– C'est cette tourte aux pommes de terre et au fromage que je fais de temps en temps. Je l'ai préparée pour remonter le moral de ta mère. Elle est un peu déprimée. Je lui ai dit d'aller prendre un bon bain chaud.

– Qu'est-ce qu'elle a ? demanda Jess en jetant son sac dans un coin de la cuisine, qui, dans un foyer plus civilisé, aurait été occupé par un panier à chien hébergeant un adorable caniche nommé Gribouille.

– Eh bien, juste au moment où elle est rentrée du travail, le téléphone a sonné ! (Mamy se pencha et baissa la voix, même si la mère de Jess, enfermée là-haut dans la salle de bains avec les robinets ouverts et la radio allumée, avait autant de chance de surprendre leur conversation que d'apprécier un récital de piano au Carnegie Hall de New York.) C'était ce fameux Martin ! Il ne m'a jamais fait bonne impression, celui-là !

Oh non ! Le premier petit ami potable que sa mère avait eu depuis qu'elle s'était séparée du père de Jess – le toy boy japonais ne comptait pas.

– Qu'est-ce qui lui arrive ? demanda Jess, craignant le pire.

– Tu sais qu'il était parti au Canada pour voir son ex et qu'il avait promis à ta mère de « tout mettre au clair » ? Et bien sûr elle pensait qu'il parlait de clore le chapitre avec cette fille, peut-être de s'occuper du divorce et de tout ce qui s'ensuit. Mais c'est le contraire qui s'est produit. Il s'est remis avec son ex, apparemment. En fait, il cherche du travail au Canada – comme professeur de musique !

– Quel gâchis ! soupira Jess. Je l'aimais bien. Mais évidemment maintenant je ne veux plus jamais le revoir.

– Tu sais, ma chérie, dit sa grand-mère d'un ton

vif, j'ai entendu dire qu'il y a des moustiques très féroces au Canada, alors…

Elle conclut sa phrase par un clin d'œil machiavélique.

– J'imagine que c'est une sorte de consolation, admit Jess en hochant la tête.

Elle était vraiment désolée pour sa mère, mais elle espérait que cette dernière ne se morfondrait pas de désespoir. Ce genre de comportement était parfaitement repoussant chez les gens de son âge.

– Bon, reprit-elle, voilà assez de mauvaises nouvelles pour une même soirée, mamy. Croisons les doigts pour qu'il ne se passe rien d'horrible, et faisons de notre mieux pour remonter le moral de maman. Je propose qu'on allume la cheminée électrique et qu'on sorte *Certains l'aiment chaud* de son cercueil de poussière.

À cet instant, le téléphone sonna. Un coin obtus et stupide du cerveau de Jess persistait à souhaiter qu'il s'agisse de Fred, alors qu'elle était certaine à quatre-vingt-quinze pour cent qu'il jouait encore aux échecs, ou qu'il mangeait des tartes à la confiture et fêtait sa victoire au champagne chez Jodie. Malgré tout, elle décrocha le téléphone.

– Allô ? dit-elle d'une voix polie.

– Mrs Jordan ? (C'était une voix de femme.) Ici Sarah Ashton, la maman de Béatrice. Béa est dans la classe de Jess, qui lui a dit hier que vous aviez subi une hystérectomie et que vous seriez d'accord pour m'en parler. Mon opération est prévue pour la semaine prochaine, vous comprenez, et je me fais un sang d'encre. J'espère que je ne vous dérange pas ? Le numéro que Jess avait donné à Béa n'était pas le bon, alors nous vous avons cherchée dans l'annuaire.

8

Jess sombra cinq secondes dans la dépression nerveuse. Que faire? Prétendre que ce n'était pas le bon numéro? Mais les Ashton venaient de le trouver dans l'annuaire. Prétendre que sa mère était sortie? Ce n'était que repousser cet horrible micmac. Soudain, Jess vit la solution pour s'en tirer. Elle pouvait résoudre le problème sur-le-champ en *devenant* sa propre mère. Mrs Ashton ne faisait pas partie de ses amies – elle ne savait probablement même pas que la mère de Jess travaillait à la bibliothèque – donc, si elle ne lui avait jamais parlé…

– Oh, bonjouuuur! s'exclama Jess en prenant une voix pointue de mère sophistiquée. Comme vous devez être boul-ver-sée! Mais ne vous tracassez pas, tout va bien se passer!

Mamy s'arrêta de remplir le lave-vaisselle et regarda Jess, surprise.

– Mais comment ça se déroule ? demanda Mrs Ashton, fort mal à propos.

On aurait dit qu'elle tenait à entendre un récit complet et sanglant de l'hystérectomie de Mrs Jordan.

– Très franchement, je ne m'en souviens guère ! continua Jess en essayant de passer de la sophistication à la royauté. Ils m'ont injecté une bonne dose d'anesthésique, et je ne me rappelle ab-so-lu-ment rien ! Les infirmières étaient des a-mours ! Lorsque je suis revenue à moi, j'avais un peu le vertige, mais cela n'a duré que quelques minutes. Ensuite, on n'a pas arrêté de m'offrir des fleurs et des chocolats pendant des semaines !

Mamy s'approcha de Jess, dévorée de curiosité. Jess lui tourna le dos et lui fit signe de partir.

– Mais vous n'avez pas eu mal ? insista la mère de Béatrice d'un ton anxieux. Et lorsque vous vous êtes réveillée, combien de perfusions et de goutte-à-goutte aviez-vous ?

– Oh, rien de plus que ce qu'ils mettent d'habitude ! (L'expérience de Jess concernant les goutte-à-goutte était limitée aux robinets mal fermés.) Pendant un jour ou deux, je ressemblais un peu à une pieuvre, c'est vrai, mais tout le monde était a-do-rable !

– Et vous avez pu marcher combien de temps après ?

Mrs Ashton avait dû travailler pour le MI5 par le passé, au service des interrogatoires.

Jess hésita. Combien de temps fallait-il pour tenir à nouveau debout quand on venait de se faire retirer l'utérus? Elle ressentit un élan de compassion jusque dans son ventre. Jess se dit que si elle devait un jour subir une hystérectomie, elle risquait de ne plus jamais marcher, et serait obligée de se déplacer sur un élégant lit à baldaquin équipé d'un moteur hors-bord.

— Béatrice m'a dit que Jess lui a raconté que vous jouiez au tennis quelques mois plus tard, ajouta Mrs Ashton, visiblement méfiante.

— Oh, cette petite Jess, quelle tête de linotte! caqueta Jess comme une duchesse éméchée à une garden-party. Elle n'a aucune notion du temps! Je me suis remise au tennis... Voyons, laissez-moi réfléchir... Oh là là, je crains de n'avoir aucune notion du temps non plus! Mais c'était assez précoce, vraiment. Je me souviens que les docteurs avaient été impressionnés.

— Et l'hôpital? insista Mrs Ashton d'une voix sombre. Mon mari a cherché des informations, et il me dit qu'ils ont eu des problèmes d'infections.

— Oh, l'hôpital était vraiment bien! se récria Jess. Il y avait une équipe d'agents de surface incro-yable, ils astiquaient tout du matin au soir! On devrait leur donner le prix Nobel de l'hygiène! Ha ha!

Mrs Ashton ne partagea pas son hilarité. Ça doit être difficile de garder son sens de l'humour quand on va se faire opérer, et surtout quand on reçoit des conseils d'une écervelée.

– Je vois, dit pensivement Mrs Ashton. Après tout, ce ne sera peut-être pas si terrible.

– Mais bien sûr que non! lui assura Jess en priant pour que Mrs Ashton soit bientôt assez rassurée pour raccrocher et ne plus jamais occuper leur ligne téléphonique.

– Ça ne vous dérange pas si je rappelle une autre fois? demanda Mrs Ashton, encore très anxieuse et bien décidée à être une vraie plaie. S'il me vient d'autres questions?

«Oh non, pas ça!» Jess en avait des sueurs froides. Elle ne s'était pas donné tout ce mal pour que la mère de Béa *rappelle*! La prochaine fois, elle risquait de tomber sur la mère de Jess, qui serait stupéfaite d'apprendre qu'elle avait subi une grosse intervention chirurgicale sans s'en rendre compte, et qu'elle était une duchesse qui, étrangement, vivait dans une petite maison mitoyenne d'un quartier pas très chic de la ville.

– Je suis désolée! s'exclama Jess, dont le cerveau était passé en pilotage automatique. Je pars skier demain ! À Saint… (Comment s'appelait cette station de ski qui portait le nom d'un saint ? Oh, c'était le pompon ! Le cerveau de Jess, paralysé par l'énergie phénoménale qu'il avait dû produire ces dernières minutes, s'était entièrement vidé.) Saint… répéta-t-elle. Oh, comment s'appelle cet endroit, bon sang ?

– Saint-James ? proposa Mrs Ashton sans grande conviction.

– Non, non, ça c'est ce qu'il y a sur mes petits dessous. Ha ha ha ! beugla Jess, tandis que son alter ego aristocratique frôlait la démence. Je crois que ça commence par un M. Saint-Mmm… Saint-Mirren… Non, je crois que c'est une équipe de foot… ?

– Saint… Mathieu ? suggéra la mère de Béa.

– Non, non, Saint… euh…

Jess était persuadée de faire une attaque cérébrale, elle sentait son cerveau fondre.

– Saint-Maximilien ? poursuivit Mrs Ashton.

– Grands dieux ! s'exclama Jess. Vous êtes une experte en saints !

– Eh bien, je suis catholique, expliqua la mère de Béa.

– Oh, comme c'est charmant !

Jess n'était pas sûre que sa réaction soit appropriée, mais au moins c'était un compliment.

– Saint-Moritz ! lança Mrs Ashton. C'est la station de ski, non ? C'est là que vous allez ?

– Voilà, c'est ça! s'empressa de confirmer Jess. Vous êtes tellement cultivée! Je pars demain pour deux semaines, donc je ne pourrai malheureusement pas répondre à vos questions! Mais je suis sûre que tout se passera sans aucun problème!

– C'est comment, Saint-Moritz? demanda Mrs Ashton. Et le ski? Je ne suis jamais allée aux sports d'hiver.

La compassion que Jess éprouvait pour la mère de Béatrice commença à fondre comme neige au soleil. Au lieu de souhaiter que son opération se passe bien, elle espérait maintenant que le chirurgien, dans un moment d'absence, ôterait la langue de cette brave dame.

– Je ne peux pas vous le dire! cria Jess d'une voix aiguë. Je n'y suis jamais allée, moi non plus! C'est la première fois! Je crois que je vais me casser une jambe!

– Oh, j'espère que non! dit Mrs Ashton avec inquiétude. Donnez-moi de vos nouvelles par l'inter-médiaire de Jess. Je penserai à vous glissant sur les pentes!

– Moi aussi, je penserai à vous! lui promit Jess. Glissant dans, euh, les couloirs d'hôpital éclatants de propreté, sur votre adorable lit roulant! J'espère que tout se passera bien! Je croise les doigts! Donnez-moi de vos nouvelles par l'intermédiaire de Béatrice!

– Bon, eh bien, au revoir alors, dit Mrs Ashton, qui réussit à rendre ces mots lugubres – funestes même. Et merci beaucoup d'avoir parlé avec moi.

– Mais tout le plaisir était pour moi! Bye!

Épuisée par ce supplice, Jess replaça le combiné avec un grognement et se retourna lentement... pour découvrir que non seulement sa grand-mère l'observait, mais aussi sa mère, enroulée dans des serviettes de bain et complètement sidérée.

– Qu'est-ce que c'est que ça? exigea de savoir la mère de Jess, l'air plutôt de mauvais poil. À qui parlais-tu?

Évidemment, après la trahison de Martin, elle était partie pour être grognon pendant quelques jours.

– Je répétais un sketch avec Fred, expliqua Jess, se raccrochant à la première excuse qu'elle trouva.

Bizarrement, l'expression de sa mère changea du tout au tout et un sourire de soulagement illumina son visage.

– Oh, alors vous êtes de nouveau ensemble? s'exclama-t-elle. C'est super! Tout à l'heure on disait justement qu'on espérait que vous alliez vous rabibocher, on aime tellement Fred. Papa veut l'inviter à dîner – je crois qu'il veut préparer un plat de poisson, avec du bar. Quand est-ce que Fred est libre? Demain?

9

– Non! s'étouffa Jess, étourdie par ce nouveau quiproquo qui lui tombait dessus. Ne l'invite pas! On n'est pas ensemble dans ce sens-là! On travaille seulement sur des sketches, c'est tout.

– Ah, mais c'est un bon début, ma chérie, fit remarquer sa grand-mère avec un sourire malicieux. Je suis sûre qu'une chose menant à une autre...

– Non, mamy! cria Jess.

Il fallait absolument qu'elle mette ça bien au clair tout de suite. Elle ne s'était pas encore remise de ce coup de fil insensé avec Mrs Ashton. Tout cela n'était arrivé que parce qu'elle avait dit à Béatrice ce qu'elle voulait entendre, qu'elle avait essayé de la rassurer, lui disant que l'opération de sa mère allait bien se passer et qu'elle se remettrait très vite. Zut alors, elle avait seulement voulu se montrer gentille et rassurante! Mais elle avait été bien punie, allez savoir pourquoi!

Soudain, le téléphone sonna. De nouveau. Jess sauta dessus. C'était sûrement Mrs Ashton qui rappelait! Qu'est-ce qu'elle avait, encore? Quelle nouvelle punition allait s'abattre sur Jess en remerciement de toutes ses bonnes intentions?

– Allô? dit-elle en essayant d'avoir une voix assez huppée pour être la fausse Madeleine Jordan, mais pas trop afin de pouvoir redevenir elle-même si besoin.

– Coucou, ma puce! (C'était le père de Jess.) Devine ce qui m'arrive! J'ai un travail!

– Félicitations, papa! cria Jess, presque hystérique de soulagement et de joie. Où ça?

– Oh, ce n'est pas grand-chose, dit-il, bredouillant presque d'excitation. Je te raconterai tout dès que je serai à la maison. À tout de suite! Salut!

– Papa a un travail, transmit-elle.

Le visage de sa mère s'éclaira.

– Oh, super! se réjouit-elle. Alors il arrivera peut-être à se trouver un appart et tu pourras récupérer ta chambre. Désolée, tu as été mise à rude épreuve ces temps-ci, Jess.

– Oh, ça va, répondit Jess en haussant les épaules.

Il valait mieux qu'elle se fasse bien voir tant qu'elle pouvait car, d'un instant à l'autre, Mrs

Ashton risquait de rappeler pour glaner quelques conseils préopératoires.

La mère de Jess monta à l'étage pour s'habiller, et sa grand-mère partit regarder le journal télévisé, au cas où de nouveaux meurtres croustillants auraient été commis. Emplie de culpabilité, Jess traîna un moment dans la cuisine, puis retira légèrement le combiné de sa base pour que personne ne puisse appeler.

Comme elle allait rejoindre sa grand-mère dans son antre, une pensée dérangeante lui traversa l'esprit. Mrs Ashton ne pouvait plus leur téléphoner, mais Fred non plus. Ce qui était dérangeant, ce n'était pas que Fred ne puisse pas la joindre, mais qu'elle y ait songé. Elle était censée avoir effacé Fred de son disque dur.

«Je n'en ai plus rien à faire!» se sermonna Jess. «Je dois l'oublier, maintenant. Il m'a vraiment laissée tomber comme une vieille chaussette, alors même s'il appelait, je ne voudrais pas lui parler, OK?»

Lorsque son père rentra, il arrivait directement de la friterie, avec des *fish and chips*.

– Félicitations, papa! lui dit Jess en le serrant dans ses bras. Alors, c'est quoi ce travail?

– Oh, rien d'excitant. Je vais être facteur. Je suis impatient de commencer, en fait. Je distribuerai des cartes d'anniversaire et veillerai sur quelques vieilles dames, tu vois.

– Oui, tu as un bon contact avec les personnes âgées, fit remarquer la mère de Jess en mettant les *fish and chips* à réchauffer au four. Tu t'es toujours bien entendu avec mamy, d'ailleurs.

– Mais je ne suis pas vieille, protesta la grand-mère de Jess. Je suis juste d'un âge moyen très avancé.

– Je considère qu'il est de mon devoir de veiller sur les personnes qui sont sur ma tournée, dit le père de Jess. Je leur remonterai le moral.

– Tu peux commencer par remonter le moral à Madeleine, dit mamy qui mettait la table, en jetant un coup d'œil inquiet à sa fille. Martin reste au Canada.

– Quoi ? (Papa avait l'air choqué.) Pourquoi ?

– Il s'est remis avec son ex, expliqua amèrement la grand-mère de Jess. J'ai toujours eu l'impression qu'il n'était pas très fiable.

– Oh non ! (Il semblait très abattu.) Je n'avais pas du tout cette impression. Je le trouvais chouette et vous m'aviez l'air très bien assortis. Tu mérites d'être avec un type bien.

Il regardait la mère de Jess d'un air grave, presque loyal, un peu comme un épagneul triste.

– Oh, arrêtons de ressasser ces sujets déprimants !

coupa celle-ci. Martin et moi avons simplement été compagnons de route le temps d'un voyage.

– C'est tout de même étrange, fit remarquer mamy. D'abord Tim se fait mettre à la porte par Phil, ensuite Jess et Fred se volent dans les plumes, et maintenant Martin.

Elle semblait un peu trop passionnée par la désintégration des relations dans sa famille – comme si elle espérait un homicide en guise d'apothéose.

– Eh bien, merci de faire remarquer que nous sommes pour ainsi dire indésirables, grinça la mère de Jess.

Elle voulait faire une blague, mais sa remarque tomba à plat.

– Je ne suis pas indésirable, protesta Jess. C'est moi qui ai largué Fred, pas l'inverse !

Mais elle devait bien admettre que, bizarrement, ce n'était pas ainsi qu'elle vivait la situation.

– Et puis, il faut voir le bon côté des choses, mamy, lança le père de Jess avec un sourire taquin. Tu es la seule à ne pas avoir été larguée.

– Attends que la personne que tu aimes meure, là tu te sentiras largué, tu peux me croire, riposta la grand-mère de Jess d'un ton morose.

– Oh, je suis vraiment désolé ! s'exclama-t-il. Moi et mes gaffes ! Je vais te servir un verre. J'ai acheté une bouteille de vin !

– Je ne prendrai pas de vin, Tim, merci, refusa mamy dédaigneusement. Je prendrai juste mon thé après le repas, comme d'habitude.

Jess était désolée pour son père. Il était rentré dans un esprit de fête, il voulait célébrer la bonne nouvelle, tout fier d'avoir décroché un travail, et tout le monde se montrait négatif et sur la défensive.

– Eh bien, moi, je veux bien une tasse de chocolat, papa! dit-elle en l'enlaçant de nouveau. Je veux fêter ton nouveau boulot! Je pourrais venir t'aider avec toutes tes vieilles dames?

– Je ne sais pas trop, répondit-il, inquiet. Laisse-moi d'abord le temps de m'habituer, et ensuite je te dirai. J'imagine que certaines seront de sacrés personnages.

– Et le salaire? demanda la mère de Jess, encore grognon. Une misère, j'imagine.

Jess lui en voulait de dénigrer déjà le travail de son père.

– Encore pire que ça, répondit-il avec le sourire. Mais ne t'inquiète pas, c'est suffisant pour louer une chambre quelque part, je vais bientôt débarrasser le plancher.

C'était bizarre d'imaginer son père vivant dans un studio comme s'il était étudiant. Tout en mangeant les *fish and chips*, Jess compara la vie de son père et celle du père de Flora. Mr Barclay avait monté une affaire florissante, et soudain, sans crier gare, à cause d'un hoquet des banques des États-Unis et d'Europe – elle n'avait jamais bien compris ce problème –, son entreprise était au bord du gouffre financier et il n'était pas en meilleure posture que le père de Jess. Peut-être le père de Flora allait-il quitter sa femme ? Il pourrait partager un appartement avec le père de Jess ! En imaginant leurs pères respectifs essayant de s'entendre, Jess se mit à sourire. C'était un parfait sujet de série comique... si seulement elle avait eu Fred comme coscénariste.

Oh non ! Elle avait encore pensé à Fred ! Jess n'était pas contente d'elle. Elle ne devait plus penser à lui de la soirée, même si elle avait des exercices d'anglais à faire et qu'ils avaient eu l'habitude de s'entraider via Skype. La technologie permettait de surmonter l'atroce banalité que représentaient les devoirs, car Fred apparaissait souvent déguisé à l'écran : il portait au moins un chapeau ridicule, improvisé à partir de paquets de cornflakes et de régimes de bananes. Non ! Il fallait qu'elle arrête de penser à Fred tout de suite !

Même si son père occupait sa chambre en ce moment, Jess faisait toujours ses devoirs à son bureau. Aussi après le dîner attrapa-t-elle son sac pour se traîner à l'étage. Elle combattit le désir de voir Fred coiffé d'un couvre-chef rigolo. La dernière fois, il avait mis des oreilles de lapin. Non, non! Elle ne devait même pas commencer à penser à lui. En atteignant le haut de l'escalier, elle fit l'effort d'effacer toute image de Fred portant une coiffure comique. Puis elle entra dans sa chambre.

Son bureau était sur la droite, contre le mur, et au-dessus il y avait un tableau en liège entièrement tapissé de photos de Fred et elle. Il y avait les photos prises dans le parc l'été précédent, avec Fred allongé sous un arbre, couvert de feuilles de papier manuscrites: le sketch sur lequel ils travaillaient alors. Il y avait des photos de Fred à Saint-Ives lorsqu'ils séjournaient chez le père de Jess. Fred à Porthmeor Beach, se tenant à côté d'une énorme souris en sable (ils avaient décidé que les châteaux de sable faisaient trop cliché). Il y avait une photo de Fred regardant droit vers l'appareil avec un air très tendre – et une pince à linge sur le nez.

Lentement et tristement, Jess commença à décrocher les photos pour les mettre dans le premier tiroir de son bureau. Tous les Fred s'entassèrent là, certains lui jetant un coup d'œil de côté depuis le dessous de la pile. À présent le tableau de liège était nu et triste. Jess referma le tiroir.

Mais aussitôt elle eut besoin de le rouvrir pour prendre son stylo. Et tous les Fred la regardèrent, figés dans tous ces instants de bonheur du passé.

Agacée, Jess se rendit dans le bureau de sa mère et y trouva une grosse enveloppe matelassée. Elle y glissa tous les Fred et rangea le tout au fond de son armoire. Ces temps-ci, sa chambre était étonnamment ordonnée, puisque son père l'occupait. L'enveloppe n'en paraissait que plus visible et d'une certaine façon, tragique. Si seulement le sol avait été couvert du bazar qui le jonchait habituellement! Elle aurait pu cacher les Fred sous un tas de pulls sales.

Avec un soupir, elle retourna à son bureau, ferma les yeux et prit une grande inspiration. Puis elle alluma son ordinateur portable. Aussitôt, elle remarqua que Georges lui avait laissé un message sur Facebook. C'était le grand frère de Jack Stevens, le petit copain de Flora, et il avait assisté au Bal du Chaos, la source de tous les ennuis entre Fred et Jess.

SALUT JESS, disait son message. ON A FAIT UNE VIDÉO DE TON NUMÉRO DE PRÉSENTATION AVEC FRED, ET ELLE EST POSTÉE SUR YOUTUBE.

Suivait une adresse Internet, si jamais elle voulait la regarder.

Oh non! Alors qu'elle faisait tous ces efforts pour oblitérer Fred de sa conscience, ce numéro qu'il avait affreusement détourné était passé à la postérité et conservé sur ce fichu Net! Désormais on pouvait assister aux derniers instants atroces de leur relation, jetés en pâture au monde entier!

10

– Bien, dit Mr Fothergill le lendemain après l'appel. Je crois que cet engouement pour le Scrabble doit être encouragé. Je vous ai apporté un exemplaire du *Dictionnaire du Scrabble* pour résoudre les différends, et nous allons organiser un tournoi de Scrabble. Le prix aura une valeur de cinquante livres, sous forme de chèques-cadeaux, généreusement offerts par un mécène anonyme. Vous vous amuserez bien plus si vous jouez en équipes : je veux que d'ici l'heure du déjeuner chacun se soit trouvé un partenaire, afin de pouvoir organiser la compétition.

Flora attrapa Jess par le bras.

– Tu es avec moi, chuchota-t-elle, tout excitée. On va gagner ces cinquante livres, ma belle. Toi et moi, c'est la *dream team* !

– Et comment!

Mais au fond d'elle, Jess ressentait un gros regret. Si Fred et elle n'avaient pas rompu, ils auraient évidemment été les gagnants. Flora faisait bien partie de la tête de classe – elle obtenait des A dans toutes les matières de l'Univers –, mais le tournoi de Scrabble aurait été une formidable occasion pour Fred et elle de s'amuser. Mais désormais...

Fred était assis au premier rang, près de la fenêtre, et sa présence semblait tout effacer autour de lui, même si Jess ne regardait pas vraiment dans sa direction. À la place, elle fixait la tête de Mackenzie, de dos, et observait la façon dont ses boucles noires tombaient en cascade sur son col, comptait machinalement les trente-sept pellicules qui décoraient ses épaules et écoutait Flora avec un sourire figé et faux, tandis que son amie leur prédisait des résultats de tournoi de Scrabble incroyables.

Mais tout ce que Jess voyait et entendait, c'était une scène qui se déroulait loin de là, presque au ralenti : Jodie, assise derrière Fred, tendait le bras et lui tapait sur l'épaule, il se retournait d'un air courroucé – ou était-ce un air faussement courroucé?

– Fred, il faut que tu sois mon coéquipier! hurla Jodie. T'es trop doué, c'est pas juste, il faut que tu aies un partenaire débile. Et soyons honnêtes, je suis la plus débile du monde!

– Oh, non! grogna Fred. J'aimerais mieux me faire arracher toutes les dents sans anesthésie, plutôt qu'être coincé avec une imbécile comme toi une seule seconde!

– Je vais prendre ça pour un «oui»! cria Jodie, triomphale, en donnant un coup de poing en l'air.

Et c'était un «oui» à la mode Fred, Jess ne le savait que trop bien. D'ailleurs il lui avait fait jadis une réponse très semblable, quand ils avaient commencé à sortir ensemble. On aurait dit une rebuffade mais, venant de Fred, c'était ce qui avait le plus ressemblé à une déclaration d'amour dans leur histoire.

Puis, toujours au ralenti, Fred se retourna et un instant son regard croisa celui de Jess (dont bizarrement les yeux avaient quitté les pellicules de Mackenzie). Lorsqu'ils se regardèrent, les yeux dans les yeux, Jess se sentit poignardée en plein cœur, mais elle fit de son mieux pour le dissimuler en adoptant un air assuré et indifférent. Les yeux de Fred étaient étranges, fuyants, presque mystérieux, ils ne laissaient rien paraître, et bien vite ils passèrent à autre chose, comme s'il ne s'était rien passé.

En allant à son cours d'histoire, Jess se brancha de nouveau sur le monologue de Flora. Apparemment, elle parlait de ses tracas pour transférer toutes ses affaires dans la chambre de Freya.

– L'armoire de Freya est remplie de vêtements qu'elle n'a pas portés depuis des années. Je veux dire qu'elle ne s'est même pas embêtée à les emporter avec elle à l'université, et du coup, je n'ai presque pas de place pour les miens, c'est trop à l'étroit! gémit-elle. Et quand elle reviendra à Pâques et que je devrai partager la chambre de Felicity, il faudra faire entrer deux lits jumeaux dans sa chambre, alors que c'est la plus petite. Trop injuste! Il y a à peine assez de place pour qu'on ait chacune un lit. Ils seront tous les deux contre un mur!

– Bienvenue dans la réalité, lâcha Jess d'une voix pleine de sarcasme. Mon lit est contre un mur depuis des années. D'ailleurs il l'est tellement qu'il se retrouve presque au plafond.

– Oh, souffla Flora. Je ne voulais pas... Ta chambre est adorable, Jess. Elle ne pourrait pas être mieux, elle est si douillette.

Dans sa bouche, « douillette » était synonyme de « petite » bien sûr.

– Ouais, ouais, répondit Jess qui ne voulait pas en faire tout un plat.

Malgré tout, elle en voulait un peu à Flora pour son manque de tact. Flo savait pertinemment que Jess et sa mère vivaient modestement, dans une petite maison sans prétention. Qu'elle présente ses soucis actuels comme une tragédie était tout simplement déplacé.

– Désolée, ma belle, chuchota Flora en prenant Jess par le bras. Je dis des bêtises et tout part en vrille. Je ne sais plus où j'en suis.

Deux minuscules larmes glissèrent sur ses joues comme des perles.

« Oh non ! Maintenant il va falloir que je la *console* ! » Jess était profondément désolée pour ce qui arrivait à sa pauvre amie, mais aussi passablement agacée qu'elle ait recours aux larmes. Une fois que quelqu'un pleure, ça change la donne. Même si Jess avait raison, et que son amie avait tort, cela ne comptait plus une fois que ces larmes s'étaient mises à couler.

Jess prit Flora dans ses bras.

– Haut les cœurs ! Essuie-moi ces larmes ! Non, attends ! Pleure encore ! (« Le comique peut sauver la situation », pensa Jess.) On pourrait les mettre en bouteille et les vendre à tes admirateurs de sixième. C'est peut-être la solution à ton problème financier. Dis à ton père que j'ai établi un *business plan* : si tu pleures toute la journée, cinq jours par semaine, tu seras sans doute millionnaire d'ici le milieu de l'année prochaine.

Flora éclata de rire et essuya ses larmes, tandis qu'elles arrivaient en classe. Lorsqu'elles franchirent la porte, quelqu'un leur fonça dedans. C'était Fred.

– J'ai oublié mon... expliqua-t-il, indécis et paniqué.

– Ton cerveau? suggéra gentiment Jess.

– Non, non, marmonna-t-il, le regard errant comme s'il cherchait quelque chose. J'ai oublié... mon rôle dans la vie. Je dois l'avoir laissé dans mon casier. Excusez-moi.

Et il se faufila entre elles avant de s'éloigner précipitamment dans le couloir. Les deux amies échangèrent des regards atterrés. Flora haussa un de ses sourcils parfaitement épilés.

– Mais qu'est-ce qu'il voulait dire? s'interrogea-t-elle tout haut.

– Oh, il a simplement oublié son manuel d'histoire, expliqua Jess en cherchant des yeux une place libre.

Où s'était installé Fred? Jess passa en revue toute la classe. Il fallait qu'elle soit le plus loin possible de lui. Soudain, avec un haut-le-cœur, elle vit ce spectacle atroce: tout au fond, arborant un sourire satisfait, Jodie était assise à côté d'une chaise vide sur laquelle pendait l'anorak de Fred. Le bras de Jodie était posé sur le dossier de cette chaise, couvant l'anorak comme s'il lui appartenait. Sur le bureau inoccupé, Jess remarqua le plumier de Fred, décoré d'un strip de bande dessinée. C'était Jess qui le lui avait offert pour son anniversaire, quelques mois plus tôt. Et voilà que Jodie le tripotait! Le plumier semblait lancer des appels à l'aide silencieux, comme un bébé victime d'un rapt.

Comme d'habitude, il restait quelques places libres au premier rang. Résignée, Jess s'y installa. Elle était soulagée de ne pas pouvoir observer ce qui se passait dans le fond de la salle. Désormais, elle devait tourner le dos à Fred, métaphoriquement *et* littéralement, constata-t-elle.

Mais qu'avait-il voulu dire par «J'ai oublié mon rôle dans la vie»? Est-ce que c'était en lien avec elle? Un message codé? Un signal secret? Est-ce qu'il sous-entendait que sans elle sa vie était vide et dénuée de sens? À moins qu'il ne s'agisse d'une de ses typiques sorties à but comique?

Jess était tellement à cran qu'elle fut presque soulagée de voir Mrs Arthur arriver pour leur parler de la Révolution française.

11

Au déjeuner, Jess se rendit compte qu'elle n'avait pas très faim. Voir Henry Field et Ben O'Sullivan se goinfrer de hamburgers et de frites à la cantine était déjà un spectacle répugnant, mais, en plus, à l'autre bout de la pièce, le dos de Fred était bien en vue, pris en sandwich entre Jodie et Mackenzie.

Cette vision lui ôta tout intérêt pour son propre sandwich, même si c'était son préféré : tomate-fromage. Elle en prit une bouchée, mais elle eut l'impression de manger un gant fourré à la souris morte. Elle l'emballa dans une serviette en papier avant de le mettre dans son sac, entre son manuel d'histoire et sa trousse. Elle le mangerait plus tard (le sandwich, pas le livre), une fois que Fred serait hors de son champ de vision.

Ben Jones arriva nonchalamment avec une grande assiettée de salade. En tant que capitaine de l'équipe de foot, il se devait d'être un modèle nutritionnel, et ses choix de menus étaient toujours très sains.

– Est-ce que je peux, euh... me joindre à vous, mesdames ? demanda-t-il.

Quelques filles aux alentours lui jetèrent des regards furtifs.

– Oh, mais oui, Ben, je t'en prie ! C'est un honneur ! lui répondit Flora.

Ben posa avec précaution son assiette en face d'elles. Comme toujours, ses cheveux étaient d'un blond parfait, et le bleu caraïbe de ses yeux ressortait encore plus en cette morne saison. En le regardant, Jess ne pouvait pas espérer avoir une expérience plus poussée des vacances sur une plage tropicale. Et pourtant elle ne put s'empêcher de jeter un rapide coup d'œil à travers la foule derrière Ben Jones, pour apercevoir le dos si passionnant de Fred. Oh flûte ! Elle devait vraiment renoncer à ces œillades honteuses ! Qu'est-ce que le dos de Fred avait de si spécial, d'ailleurs ? Quand on y songeait, c'était ce qu'il y avait de pire dans son physique : maigre, noueux, un peu voûté.

– Tu ne te laisserais pas pousser les cheveux, Ben ? demanda Flora. J'ai l'impression qu'ils sont plus longs, non ?

– Euh, ouais. Non. Peut-être. Je n'y ai pas

vraiment réfléchi, murmura BJ. Je les ai peut-être oubliés. (Il tourna son regard merveilleusement bleu vers Jess.) J'ai vu ton, euh... numéro de présentation sur YouTube. C'était tordant !

Il sourit.

Un an plus tôt en pareilles circonstances, le cœur de Jess aurait déjà fondu, ne laissant qu'une petite mare de champagne, mais elle avait tellement changé que maintenant elle arrivait à peine à se concentrer sur les compliments mirifiques de Ben tant que le dos de Fred, osseux, mais si charismatique, restait bien visible malgré l'affluence dans la cantine.

– J'aurais préféré que Georges ne mette pas cette vidéo en ligne, soupira Jess. C'était une des pires soirées de ma vie, je ne tiens pas à ce qu'on me la rappelle tout le temps.

Le sourire de Ben s'évanouit et ses yeux magnifiques s'assombrirent, traduisant une compassion et une inquiétude sincères.

– Pourquoi ? demanda-t-il. C'était... tu sais, un succès.

– Le succès de Fred.

Jess repoussa son assiette. Elle s'en voulait d'être aussi susceptible à propos de cette histoire. Ben, même si elle ne flashait plus sur lui, était devenu l'un de ses plus proches amis. Il compatissait à ses ennuis et lui apportait toujours son soutien. Mais comme il n'était pas dans sa classe, il n'était pas au courant des détails de sa rupture avec Fred.

– J'ai entendu Mackenzie dire... (Ben regarda sa salade en fronçant les sourcils et se mit à la triturer avec sa fourchette.) Que Fred et toi... euh...

– On n'est plus ensemble, conclut Jess, essayant de le dire comme si tout était réglé et enterré, et qu'elle était parfaitement à l'aise avec ça.

– Oh non! Je suis désolé! (Ben reposa sa fourchette. Il n'avait même pas encore goûté son coleslaw.) Je croyais que c'était peut-être... juste un accroc. C'est le bon mot? Qu'est-ce que c'est un «accroc» au juste?

– Une petite déchirure, expliqua Flora, sentant qu'un coup de pouce était nécessaire. Dans un vêtement, tu sais. Quelque chose qui peut se recoudre.

– Je suis vraiment pas doué avec les mots, s'excusa Ben en souriant tristement en direction de sa montagne de salade. Vous avez entendu parler de la compétition de Scrabble? Mon cauchemar devenu réalité, en gros...

Pendant une minute, elles attendirent qu'il dise autre chose, mais finalement il se contenta de soupirer et d'embrocher quelques feuilles de salade.

– Moi non plus, je ne suis pas douée avec les mots! lui assura Flora.

Ben la regarda d'un air sceptique. Tout le monde savait que Flora était première presque partout.

– Mais heureusement, poursuivit-elle, Jess a accepté de faire équipe avec moi, alors avec son génie, on va rafler la mise !

– Et puis on n'a pas besoin de vocabulaire quand on sait jouer au foot comme toi, renchérit Jess. Et combien gagnent les pros par semaine ? Un peu plus que les champions de Scrabble, je crois !

Elle lui fit un sourire radieux. Pour quelqu'un d'aussi parfait physiquement, Ben n'avait bizarrement pas confiance en lui.

– Eh bien, dit Ben d'un ton hésitant tout en mâchonnant quelques feuilles de roquette, il n'y a pas que l'argent qui compte.

Jess réalisa son erreur d'évoquer l'épineux sujet des revenus alors que Flora manquait d'argent en ce moment. Mais avant qu'elle ait eu le temps d'essayer de changer de conversation, tout à l'autre bout de la cantine, Fred se leva brusquement. Ce qui fit bondir son cœur qui se mit à battre frénétiquement. Alors qu'elle subissait ces symptômes, Jess se reprocha mentalement sa sottise. Fred venait de se mettre en position debout ! «Oh, mon Dieu ! Si seulement les caméras de la BBC et de la CNN avaient été là pour immortaliser ce moment mémorable !»

À présent il portait son plateau pour le ranger

sur le chariot de vaisselle sale. Même s'il était à l'autre extrémité de la salle, Jess voyait qu'il n'avait rien laissé de son repas. Visiblement, son appétit n'était donc absolument pas affecté par leur rupture. Contrairement au sien. Peut-être que pour lui tout allait parfaitement bien, que leur histoire était morte et enterrée.

Il se tourna dans la direction de Jess. Elle s'empressa de reporter son attention sur Ben. Oh mince ! Ben parlait et elle n'avait rien écouté ! Et elle n'arrivait toujours pas à se concentrer, car Fred devait encore passer à côté de leur table pour quitter la cantine. Est-ce qu'il allait la regarder ? Mais comment le saurait-elle ? Quoi qu'il arrive, elle ne devait pas se tourner vers lui. Que se passerait-il si leurs regards se croisaient ? Poserait-il sur elle des yeux froids et distants, ou y aurait-il une petite étincelle, un signe que tout n'était pas définitivement fini entre eux, en somme ? Et d'abord, était-ce ce qu'elle souhaitait ?

Elle se focalisa désespérément sur Ben qui la regardait, et dont les lèvres continuaient de bouger.

– Tu n'es pas, euh, obligée de venir si tu n'en as pas envie, conclut-il.

– Mais si, bien sûr que je viens ! répondit imprudemment Jess d'un air ravi.

Venir où ? À quoi venait-elle de s'engager ? Est-ce

que ça impliquait des douleurs physiques ? Avant d'avoir pu élucider ce mystère, l'esprit de Jess s'emballa de nouveau car elle voyait Fred, Mackenzie et Jodie, qui ne se dirigeaient pas simplement vers la sortie, mais venaient droit sur leur table. Jodie arriva la première, bien sûr.

– Salut la compagnie ! cria-t-elle. Nous vous mettons au défi de nous battre au Scrabble, là maintenant, dans la salle d'arts plastiques ! Ça ne fait pas partie de la compétition, c'est juste un entraînement, une rencontre amicale.

– Ou inamicale, si vous préférez, ajouta Fred qui haussait son sourcil gauche d'un air narquois, tout en jetant un coup d'œil à Jess.

Mais qu'est-ce qu'il voulait dire par là ?

– Je suis leur entraîneur, expliqua Mackenzie. Entre les parties, je les fouette avec des serviettes, et je leur fais des discours d'encouragement !

– Ça te dit ? demanda Flora à Jess d'un air prévenant.

Est-ce que Jess voulait jouer au Scrabble contre son ex ? Était-ce une bonne idée ?

– Oui, pourquoi pas ? répondit Jess en regardant Fred d'un air de défi. Mais tu vas devoir rompre avec une vieille habitude.

– Quoi donc ? demanda Fred. Ne pas te laisser gagner ?

– Non! dit sèchement Jess, tout en essayant de garder un ton léger. Ne pas tricher!

– Mais très chère, quand m'est-il donc arrivé de tricher? demanda Fred.

Il y eut un bref moment de gêne car Jess ne sut pas comment répondre. Elle se sentit rougir. Bon, Fred n'avait pas triché avec elle, il ne l'avait pas trompée, mais cela ne saurait tarder. Mais... Non, il n'était plus son petit copain! Elle ne devait pas raisonner ainsi.

– Allez, on y va, conclut Flora pour lui sauver la mise, avant de se lever résolument.

Jess la suivit.

– Désolée, Ben, s'excusa-t-elle.

Après tout, il venait de commencer à manger, et elles le plantaient là.

Il lui fit signe que ce n'était pas grave et lui sourit.

– Pas de souci, et bonne chance! lui souhaita-t-il. À plus tard.

Tandis qu'elle s'éloignait, Jess se demanda à quel moment elle allait revoir Ben, car elle savait qu'elle lui avait promis quelque chose. Mais tout d'abord, le plus important était de trouver comment supporter de jouer au Scrabble avec Fred et Jodie.

12

– Allez! Jodie attrapa le plateau de Scrabble et le flanqua sur la table. Tu es prêt, coéquipier? demanda-t-elle en souriant à Fred. On va vous mettre la pôôôtée! dit-elle à l'intention de Jess et Flora.

– Je me demande si le terme «pôtée» figure dans le *Dictionnaire du Scrabble*? demanda Jess d'une voix guindée de maîtresse d'école. Je crois que nous allons découvrir que la majorité du vocabulaire de Jodie en est mystérieusement absente.

– Mystérieusement absente, répéta Fred en se frottant pensivement les mains. Intéressant comme expression. Un bon nom pour un groupe – ou un chien. Je vais peut-être en faire ma devise! «Mystérieusement absente»… hmmm.

Le cœur de Jess eut un soubresaut. Est-ce qu'il voulait dire ce qu'elle pensait qu'il disait? Mais que pensait-elle qu'il disait, au juste ? Après tout, elle était mystérieusement absente de sa vie. Sauf qu'elle était assise juste en face de lui. Elle soupira et enfonça la main dans le sac de lettres, dont elle tira un « T ».

– Tu veux un « T » ? demanda Fred.

Jodie s'esclaffa bêtement. Fred tira un « K ».

– Je préfère un « T » à un « K » comme toi, rétorqua Jess en lui décochant un regard de biais.

Mais Fred n'était pas tourné vers elle. C'était tellement bizarre de jouer contre lui et non avec lui. Si ça avait été le cas, ils auraient été face à face et croiser son regard aurait été aisé. Là, si elle voulait le regarder dans les yeux, elle devait presque se faire un torticolis. Il était installé en face de Jodie bien sûr, et il se pouvait bien que ses yeux descendent vers ce qui était récemment devenu la grande fierté de Jodie : sa poitrine dimension airbag.

À côté de ça, malgré d'innombrables prières, des exercices recommandés par un site Internet et une crème secrète qui lui avait donné des allergies, la poitrine de Jess gardait des proportions de mignardise. Elle s'interrogea sur l'importance réelle des seins. À l'évidence, dans le cours normal d'une existence, avoir une poitrine menue n'avait aucune incidence, et Jess s'excusait toujours auprès de Dieu en guise d'introduction à ses habituelles prières réclamant une intervention divine pour son augmentation mammaire. Malgré tout, elle constatait que certaines célébrités avaient bâti toute une carrière avec une carrosserie imposante pour seul atout. Et elle devait bien admettre que le buste de Jodie était l'une des merveilles du monde moderne.

Flora sortit un « A » du sac. (Évidemment ! Elle ne récoltait que des A dans toutes les matières, même au Scrabble.) Cela signifiait qu'elle devait commencer, et qu'elle tirait ses lettres en premier. Ensuite ce fut le tour de Fred, et lorsqu'il passa le sac à Jess, leurs doigts se frôlèrent brièvement. Fred ne sembla pas le remarquer. Était-ce le cas ? Avait-il été secrètement émoustillé par ce bref contact peau contre peau ? Son cœur cognait-il aussi un peu plus vite que d'habitude ? Si ce n'était pas le cas, pourquoi celui de Jess battait-il la chamade ? Elle se sentait trahie par son propre corps. Il s'émouvait bien trop facilement, alors que c'était à l'opposé de l'image qu'elle voulait donner.

Jess tira sept lettres : « E », « E », « E », « I », « O », « S » et « X ». Elle était contente d'être tombée sur un « X », qui valait cher, mais l'abondance encombrante de « E » l'agaça. Elle n'avait que quelques possibilités vraiment gênantes : « SEXE », « EX », qu'elle ne pouvait décemment pas utiliser. « SEXE » pour des raisons évidentes, et « EX » pour une raison tout aussi évidente : parce que le sien jouait à la même table qu'elle !

– Oh non, quelle mauvaise pioche, se plaignit Flora en manipulant ses lettres.

– Et elle réussit à placer « ANXIÉTEUSE » sur une case « mot compte double »… annonça Fred d'une voix traînante.

– C'est dans le dico ce mot-là ? demanda Jodie.

– Non, mais celui-là oui, dit Flora en plaçant « INSENSÉ » sur le plateau.

– Quel gaspillage de « E », commenta Fred en notant le score de Flora.

– Pourquoi ? s'inquiéta Flora, les yeux écarquillés.

– Il faut toujours garder des « E » sous le coude, lui expliqua Fred en manipulant ses propres lettres. Comme ça, tu peux en placer un à la fin d'un mot posé par quelqu'un d'autre, et récolter le double des points pour avoir changé le mot.

– Quoi ? Quoi ? Flora secouait la tête, déroutée. Je n'ai presque jamais joué au Scrabble.

– Imagine que quelqu'un ait fait « POT », lui expliqua Fred. Tu peux ajouter un « E » à la fin pour faire « POTE », et ton « E » peut être le début d'un autre mot, comme « ÉNIGME » par exemple. Et du coup tu obtiens le double des points.

– Oh non ! se lamenta Flora. C'est trop tard ? Je peux reprendre mes « E » ?

– Eh non! s'empressa de lui refuser Fred avec un sourire sadique. Maintenant c'est mon tour!

– Dur! se plaignit Flora en faisant la moue.

Fred ne tint pas compte de ses plaintes, et avec un grand geste, plaça le mot «QUÊTE» sur le plateau.

– Joli! hurla Jodie en donnant des coups de poing victorieux dans les airs. Un «Q»! Les dieux du Scrabble sont avec nous!

– Mais tu m'as dit que j'avais gâché mes «E»! gémit Flora. Alors que tu viens de faire la même chose!

– Tu vas découvrir que nous avons pris une bonne longueur d'avance, lui annonça Fred en se tournant ensuite vers Jess avec un rictus. Fais de ton mieux, Jordan, mais nous savons que ça ne pèse pas bien lourd.

C'était supposé être un baratin léger, faussement agressif, mais à cause de ce qui s'était passé entre eux récemment, Jess avait l'ego blessé, et les remarques de Fred la piquèrent au vif.

– C'est vrai, je ne peux pas faire grand-chose, avoua Jess en tâchant d'oublier son cœur en miettes. J'ai plus d'«E» qu'un élevage de poules en batterie.

– C'est un si joli mot, «quête», dit soudain Flora. Vous ne trouvez pas? C'était follement romantique au temps jadis, lorsque les hommes réalisaient des prouesses héroïques pour gagner le cœur de leur bien-aimée, non?

Jess lança à Flora un regard de mise en garde. Elle ne tenait pas à ce que son amie se risque sur ce sujet.

– Heureusement, ce n'est plus nécessaire de nos jours, répondit Fred. Comme chacun sait, je suis un lâche de première. Dans l'Angleterre médiévale, je n'aurais pas tenu cinq minutes.

– Mais si ! le rassura Jodie avec un grand sourire. Tu aurais été le Fou du roi.

– Non, protesta Flora. C'est Jess qui aurait été le fou du roi. Jessica le Fou du roi, ça rime.

Jess essayait toujours de trouver un mot, si possible en évitant «SEXE». Avec un soupir, elle ajouta un «H» et un «E» au «T» de «QUÊTE», pour faire «THÉ».

– Magnifique ! s'écria Fred, moqueur. Je vois que tu prends toujours le thé, mais ce n'est pas en faisant salon que tu vas gagner des points !

– Tu vas te prendre ma tasse brûlante en pleine poire si tu ne la fermes pas, répliqua Jess, agacée de ne rien trouver de plus malin à dire.

– Chuut ! dit Jodie. J'essaie de réfléchir ! Et je suis vraiment nulle !

L'une des qualités de Jodie était qu'elle se moquait aussi facilement d'elle-même que des autres.

Pendant qu'elle cogitait, Ben Jones arriva dans la salle d'arts plastiques et se dirigea vers leur table. Il s'adossa contre un mur et examina le plateau. Puis il alla se placer derrière Jodie.

– Pas de bol, dit-il, compatissant. Je ne crois pas que, euh, les mots en polonais soient autorisés.

Pour Ben Jones, c'était une remarque assez bien trouvée.

– Tais-toi ! rétorqua Jodie avant de se tourner vers Fred. Je peux faire « MEK » ?

– Euh, désolé de vous interrompre en plein jeu, hein, intervint soudain Ben en fixant Jess d'une drôle de manière, mais je voulais juste dire qu'il y a un bus qui part de Station Road à environ dix-huit heures cinquante ce soir, et qui arrive pile à l'heure.

Jess le regarda, l'esprit vide. Mais qu'était-elle supposée faire le soir même ? Et tout le monde la dévisageait. Jess sentit qu'elle piquait un fard. Comment faire ?

13

– Quoi ? Qu'est-ce que c'est ? Un rencard ? cria une Jodie surexcitée, un sourire maléfique aux lèvres.

Le mot « rencard » acheva d'ébranler les nerfs de Jess, déjà mis à rude épreuve.

– Jess vient avec nous voir le dernier James Bond au complexe multisalles, expliqua Ben

– C'est qui « nous » ? Il s'agit d'une sortie dans l'intimité ou tout le monde peut venir ? demanda Jodie.

– Je croyais que tu l'avais déjà vu, dit Fred en se tournant vers Jess, son sourcil ironique (le gauche) haussé de manière moqueuse. Je croyais que tu l'avais vu avec ta mère lors de son rendez-vous surprise ?

Jess rougit de plus belle. Non seulement elle donnait l'impression de se jeter sur Ben Jones, mais elle avait l'air désespérée au point de mentir en disant qu'elle n'avait pas vu le film. Et le pire, c'était qu'elle allait devoir supporter deux heures d'un genre cinématographique qui la rendait malade. Quand elle était allée le voir, elle avait passé la plus grande partie de la séance les yeux fermés. Mais elle devait cacher sa panique.

– C'était tellement bien… j'ai hâte de le revoir ! mentit-elle.

Fred la regarda, interloqué. Il était accro aux films violents, et avait l'habitude de la traiter gentiment de chochotte.

– Mais je croyais que madame se sentait déjà mal quand les héroïnes de Jane Austen se mouillent les pieds ? fit-il remarquer du même ton acerbe.

– C'est vrai, avant je détestais la violence, déclara Jess avec un regard aussi venimeux que possible – à tel point que ses globes oculaires faillirent jaillir de leur orbite. Mais j'ai changé d'avis. Maintenant j'adore la violence. Seulement sur écran pour l'instant, mais dans quelque temps je me mettrai peut-être à la pratique.

– Oh non ! Je vais devoir engager un garde du corps ! s'exclama Fred.

– Bon, c'est pas tout ça, mais on peut venir ou c'est un rencard ? les interrompit Jodie.

Ben se dandina d'un air gêné, et une légère rougeur lui empourpra les joues.

– Non, non, on est tout un groupe, prétendit-il maladroitement.

Jess ressentit un élan de sympathie pour lui. Ils avaient déjà essayé de sortir ensemble une ou deux fois, mais ça n'avait pas marché. Elle en avait conclu que lorsque vous flashez sur quelqu'un, puis que ça vous passe, et que plus tard vous finissez par sortir avec cette personne, l'histoire ne fonctionne pas très bien.

– Qui d'autre alors ? insista Jodie.

Ben hésita, et rougit. Jess eut soudain l'horrible pressentiment que Ben n'avait en fait invité personne d'autre et qu'il était trop gêné pour trouver des noms de personnes qui auraient pu y aller.

– Ma cousine, répondit-il. Vous savez, Melissa. Elle a donné un coup de main pour le Bal du Chaos.

– Oh, la fille qui s'occupait du vestiaire ? s'exclama Jodie. Elle est extra. Elle a un air de Russe, tu ne trouves pas, Jess ?

– Pas vraiment, non, dit Jess d'un ton bourru.

– Bon, on peut venir ? demanda Jodie.

Jess crut voir Ben frémir légèrement.

– Bien sûr, répondit-il avec un petit sourire peu convaincant.

– Moi je ne peux pas, annonça Flora en secouant la tête. Je dois trier mes affaires ce soir et choisir ce que je revends sur eBay. Jack vient m'aider.

Jack était en terminale, donc Flora et lui ne se voyaient pas beaucoup au lycée : seuls les terminale avaient le droit d'occuper la salle commune, aussi Jack ne daignait-il pas être vu ailleurs. Leur relation se déroulait donc surtout en dehors de l'établissement.

– Ben moi, je peux venir, et Fred aussi, hein Fred ? décréta Jodie avec la délicatesse d'un hippopotame tyrannique.

Fred haussa mollement les épaules.

– Je me réservais une charmante soirée consacrée à regarder le mur de ma chambre, dit-il. Mais j'imagine que le devoir vient avant le plaisir.

– Hein ? fit Jodie, déroutée.

Jess soupira intérieurement. Comment Fred pouvait-il supporter cette fille qui ne comprenait pas la moitié de ce qu'il disait ?

– J'irai au bal, pardi ! confirma Fred en regardant Ben.

– D'accord, super, dit Ben. On se retrouve tous à dix-huit heures cinquante alors, à l'arrêt de bus.

– Sauf moi, rappela Flora. J'espère que vous passerez un bon moment.

Précisément six heures plus tard, c'était le début de la partie de plaisir. Jess arriva à l'arrêt où attendaient déjà Ben, Fred et Jodie. Cette dernière portait un top à fines bretelles, des talons hauts, et elle était terriblement attirante. Quant à Jess, elle s'était habillée «décontracté» : leggings et superpositions. Le dilemme pour décider ce qu'elle allait porter s'était révélé encore plus atroce que d'habitude parce qu'elle ne voulait pas avoir l'air de faire des efforts pour séduire Ben mais, d'un autre côté, elle ne voulait pas que Fred la trouve négligée. Heureusement qu'on était en hiver ! Elle avait trouvé refuge dans sa parka, assortie d'une écharpe mousseuse rose assez extra que l'ex-copain de son père, Phil, lui avait tricotée.

– Salut Jess ! cria Jodie. Tu sais quoi ? Melissa ne vient pas ! Ni ses amis ! Ils ont tous une «intoxication alimentaire» ! expliqua-t-elle en dessinant des guillemets imaginaires pour montrer que l'excuse pathétique de Ben ne réussissait qu'à exposer la vérité, à savoir que Jess et lui avaient prévu de sortir ensemble, ou du moins d'aller au ciné rien que tous les deux – ce qui revenait au même. Et maintenant qu'ils faisaient «un truc à quatre», est-ce que ça devenait un rendez-vous en double ?

Jodie monta dans le bus la première et Jess lui emboîta le pas. Ben se tenait poliment en arrière et Fred s'embrouillait dans ses poches à la recherche de son portefeuille. Jodie remonta l'allée du bus et s'appropria un siège près de la fenêtre. Elle ne se contentait jamais de s'asseoir, elle *s'appropriait* une place. Jess se laissa tomber sur le siège d'à côté. Jodie se tourna vers elle d'un air indigné. Évidemment, elle avait prévu de garder la place pour Fred, mais Jess était bien décidée à ce que la sortie ressemble le moins possible à un rendez-vous romantique.

– Alors, dit calmement Jess. Comment ça va ?

Jodie sembla déroutée par cette politesse convenue.

– Oh, non ! s'exclama-t-elle, en dédaignant l'opportunité de s'engager dans une conversation polie. Les garçons sont partis à l'étage !

Autour d'elles il n'y avait plus une place de libre.

– J'imagine qu'ils vont parler foot, tu sais, la consola Jess.

Jodie eut l'air exaspérée et sur le point de se fâcher, puis son visage s'éclaira.

– Jess, dit-elle d'un ton sincère, et en baissant la voix – qui chez elle avait en temps normal un volume assourdissant – jusqu'à un murmure à peine audible : J'espère que ça ne te dérange pas que Fred et moi on soit partenaires de Scrabble. Je sais que si vous n'aviez pas cassé il aurait sans doute été ton partenaire, mais la situation n'est plus la même, n'est-ce pas ? Ou alors ça te dérange ?

Jodie avait un air anxieux et vulnérable, et Jess ressentit un élan d'affection pour elle. Ce qui était malvenu puisqu'elle cultivait une haine brûlante envers Jodie depuis qu'elle suivait Fred partout et était devenue la monarque absolue de son fan-club.

– Oh non, ne t'inquiète pas pour ça, répondit-elle d'un air dégagé, comme si c'était totalement négligeable. Fred a le droit de faire ce qu'il veut. Il ne m'appartient pas. Il ne m'a jamais appartenu.

– Et ça ne te dérange pas qu'on vienne voir le film avec vous ? chuchota Jodie. Ben voulait qu'il n'y ait que toi et lui, non ?

– On ne sort pas ensemble, Ben et moi, lui expliqua Jess d'un ton supérieur. On a déjà essayé, ça ne fonctionne pas. On est juste amis.

Jodie semblait soulagée. Elle n'était pas mauvaise fille, en fait, et ce n'était pas sa faute si elle gagnait du volume « aux bons endroits », comme on dit. Jess accepta cet élan de sympathie pour Jodie, tout en se réservant le droit, si elle parvenait à séduire Fred, de la haïr avec encore plus de rage, ce qui nécessiterait sans doute de concocter une revanche impliquant du curry très fort et des raquettes de tennis.

Le film fut une épreuve à plusieurs niveaux. Premièrement, Jess était en bout de rangée, près de l'allée centrale, et à côté de Ben. Jodie s'était débrouillée pour se placer entre Fred et Ben, et, au grand dam de Jess, Fred avait pour autre voisine une fille belle comme il n'est pas permis. Elle avait de longs cheveux bruns soyeux, et des lèvres comme des cerises mouillées. À cet instant, Jess comprit que, puisque Fred et elle n'étaient plus en couple, Jodie n'était pas la seule source d'inquiétude à avoir. Il y avait de par le vaste monde des millions de jolies filles – littéralement – qui risquaient de tomber sur Fred à tout instant. Le canon assis à côté de lui dans la salle semblait être accompagné d'un gros type à moustache. Pour Jess, cela ne faisait aucun doute : d'ici le générique de fin, Fred et cette fille seraient pour ainsi dire fiancés.

Le deuxième tourment était le film lui-même. Il débutait par une course-poursuite en voiture sur une route de montagne, avec un précipice d'un côté. James Bond et ses poursuivants étaient des fous du volant et se canardaient à la mitraillette. S'il y avait bien une chose que Jess détestait, c'était la combinaison précipice + individus masculins faisant preuve d'un manque total de responsabilité. Les mitraillettes figuraient également bien bas dans sa liste d'accessoires de rêve. Elle ferma les yeux et attendit que les effets sonores toni-truants s'estompent, laissant place à un silence de mort. Elle ouvrit alors les yeux dans l'espoir d'un moment de répit, mais découvrit qu'elle était pile à temps pour admirer une voiture en flammes plongeant dans un canyon. Elle sut tout de suite qu'elle en ferait des cauchemars pendant les deux prochains mois.

Il y eut une brève pause pendant laquelle la caméra s'attarda sur la vue pittoresque des toits d'une petite ville italienne vallonnée (sa mère avait bien aimé ce passage). Mais quelques secondes plus tard, au lieu de s'asseoir en terrasse pour siroter un café au lait, comme n'importe quelle personne saine d'esprit l'aurait fait, Bond se retrouva impliqué dans une bagarre à l'intérieur d'un immense bâtiment rempli d'échafaudages. Comme il échangeait des coups de feu en sautant d'une corde à l'autre, passant à travers des baies vitrées et bondissant sur des poutres instables, Jess ne put s'empêcher de comparer les aventures de l'agent 007 et la vie d'homme au foyer de son père, qui n'avait jamais été aussi heureux qu'en consacrant ses journées à peindre des mouettes (des tableaux de mouettes, bien sûr). Si on lui montrait une photo de mitraillette, son père s'évanouirait sans doute. Dieu merci, il y avait différents types d'individus masculins dans la vraie vie, et tous les hommes n'étaient heureusement pas des héros carburant à la testostérone.

Enfin, Mr Bond ayant survécu à environ quatre-vingt-dix-neuf scénarios qui auraient réduit en tas de viande hachée n'importe qui d'autre, le film arriva à sa conclusion et Jess put rouvrir les yeux.

– Alors ? fit Ben à son intention en s'étirant. (Son étirement, elle devait bien l'admettre, avait la grâce féline d'un léopard.) Et si on prenait, euh... un café ?

– Bonne idée ! s'enthousiasma Jess.

Son calvaire ne prendrait-il donc jamais fin ?

14

Il y avait une cafétéria dans le complexe multi-salles, où ils trouvèrent une table libre, puis prirent commande. Jodie semblait déborder d'énergie. Elle fredonnait la musique du générique et tapait sa cuillère contre sa tasse comme si c'était une batterie. Jess constata qu'elle avait un début de migraine.

– Génial, ce film, commenta Ben Jones, qui regardait timidement Fred et Jess. Cette scène où ils… se battent dans les hors-bord.

– Carrément! s'exclama bruyamment Jodie. Et celle où ils sautent de l'avion! Comment ils ont pu tourner ça?

– C'est sans doute des effets spéciaux réalisés par ordinateur, dit Fred, voulant passer pour un expert.

– Pas possible, imbécile! lui cria Jodie.

Jess fut vexée que Jodie ait l'outrecuidance de traiter Fred d'imbécile – c'était son rôle à elle! Jodie faisait preuve d'une arrogance folle, soulignant que Fred n'était plus le petit copain de Jess. S'ils avaient toujours été ensemble, Jess était à peu près sûre que Jodie ne l'aurait pas traité d'imbécile. C'était presque de la drague.

Ou pas. Jess découvrait les multiples tracas de la rupture – ils étaient bien plus nombreux que ce qu'elle s'était imaginé en le larguant pompeusement après qu'il lui avait volé la vedette. Pour commencer, Fred semblait avoir totalement oublié qu'ils avaient un jour été ensemble. Il ne lui adressait pas de regards à la dérobée, il faisait volontiers des blagues à tout le monde, il acceptait de bon gré les insultes et l'attitude agressive de Jodie – non, il en paraissait même tout requinqué. Jess avait espéré que la rupture le plongerait dans un désespoir tel que pour regagner son estime il se montrerait morose et bizarre avec tout le monde, tandis qu'il lui jetterait des regards torturés et préparerait un acte héroïque des plus spectaculaires pour l'impressionner. Mais Fred se comportait comme si de rien n'était.

– Si seulement les hommes ressemblaient davantage à James Bond ! soupira Jodie. Tu imagines, avoir quelqu'un comme lui pour te protéger !

– Je ne sais pas trop, répondit Jess, hésitante. Je ne suis pas sûre que ce soit mon genre. Ça doit être fatigant.

– Mais tu ne trouves pas Daniel Craig mignon ? demanda Jodie. Il est athlétique, tu as vu ce torse magnifique ? Il sait même rester séduisant avec le nez qui pisse le sang.

– Hmmm… fit Jess sans trop se prononcer. (Elle ne tenait pas à se laisser entraîner par Jodie dans des confessions de concupiscence virtuelle.) Mais comment ils ont fait pour filmer le saut d'avion, d'ailleurs ? demanda-t-elle en se tournant vers Ben Jones.

– Eh bien, ils ont utilisé un… euh, un tunnel aérodynamique vertical.

– Qu'est-ce que c'est ?

– C'est, genre, une sorte de tube, et il y a une soufflerie en bas, et on peut vraiment flotter dedans, mais c'est pas, euh, complètement fermé, alors l'endroit où tu voles est genre, ouvert, et on peut voir le ciel et tout.

– Génial ! J'adorerais faire ça ! s'écria Jodie.

– Pour des raisons de sécurité, ils n'ont filmé ces scènes que par tranches de trente secondes, poursuivit Ben. Et ils portaient des lentilles de contact spéciales pour pouvoir garder les yeux ouverts.

– L'imagerie générée par ordinateur a complètement révolutionné les films de Bond, expliqua Fred, enthousiaste. À certains moments du film, ils ont mis la tête de Craig en surimpression, avec le torse d'une doublure dessous.

– Merveilleux! s'exclama Jess. C'est un peu comme un lifting, mais en version un peu plus «technologie de pointe». Si seulement quelqu'un voulait bien superposer le visage de Lara Croft sur une photo de moi!

– Ce serait une bonne idée de superposer son torse, aussi, dit Fred.

Quelques jours plus tôt, la remarque n'aurait été qu'une taquinerie sans gravité. À présent, la pique faisait mal.

– Tu n'as besoin ni de la tête ni du torse de Lara, protesta Ben, très chevaleresque.

Il y eut un moment de gêne. C'était un territoire dangereux: l'ancien flirt de Jess lui faisait un compliment juste après que son ex lui avait envoyé une pique.

– Mais j'aimerais bien lui emprunter son prénom, s'empressa de dire Jess pour changer de sujet. J'aimerais bien me faire appeler Lara O'Hara. Un nom qui rime, c'est la classe!

– Jess… dit Jodie en levant les yeux au ciel, toujours à la recherche d'une blague à faire. Jess… Ânesse.

– Jess Princesse, ajouta Ben en souriant.

– Jess Confesse, continua Fred. Jess… Jess Détresse.

Fred hésita un instant, et croisa le regard de Jess. Jess l'avait mis en détresse, peut-être?

– Tigresse, ajouta Ben.

– Jess Deux-pièces, dit Jodie.

– Parfois je n'aime pas connaître les dessous des effets spéciaux. Vous savez, quand ils sautent d'un toit dans le film, et qu'on découvre qu'en fait ils avaient des harnais et des filins… ça gâche le plaisir.

– N'empêche qu'ils se font mal, des fois, intervint Jodie. Daniel Craig s'est tranché le bout du doigt, je crois, et on a aussi dû lui faire des points de suture au visage.

– Je me demande ce qui est arrivé au bout de doigt ? s'interrogea Fred à voix haute. Si j'avais travaillé sur ce plateau, je l'aurais chipé pour le vendre sur eBay.

– J'ai entendu dire qu'il avait repoussé, leur apprit Jodie.

– Repoussé ! s'exclama Fred avec un sourire. Et comment, au juste ? Craig n'est pas un requin !

– Il a cicatrisé alors, rectifia Jodie. De toute façon, il a de belles mains.

Jess sentait le besoin irrépressible de bouger. Même si elle appréciait Jodie, qu'elle aimait beaucoup Ben et que, bien sûr, jusqu'à une date récente elle adorait passionnément Fred, se trouver là avec eux trois était une situation bizarre qui la mettait mal à l'aise. La conversation était chaotique, les vannes de Fred laborieuses, et l'esprit de Jodie qui sautait d'un sujet à l'autre comme une saute-relle avait le don d'agacer Jess ce jour-là, alors que d'autres fois elle trouvait ça amusant. Quant à Ben Jones, il tapotait la nappe du bout des doigts comme s'il avait voulu être n'importe où sauf là. Mais ils étaient bien obligés de rester assis à cette table et de prétendre qu'ils passaient un bon moment jusqu'au passage du bus qui les ramènerait chez eux.

Jess avait hâte de rentrer à la maison, mais sa mère l'accueillit avec un froncement de sourcils comme un orage menaçant d'éclater.

– Et tes devoirs! lui reprocha-t-elle en montrant l'horloge. Combien de fois faudra-t-il que je te rappelle que tu n'as pas le droit de sortir en semaine tant que tes devoirs ne sont pas faits!

– Je n'ai pas de devoirs, mentit Jess sans sourciller en s'élançant à l'étage. Mrs Martin était absente, et en histoire, il fallait juste réviser pour un contrôle la semaine prochaine.

– Je n'en crois pas un mot! gronda sa mère depuis le pied de l'escalier, tout en criblant le dos de Jess de regards assassins. Et de toute façon, les révisions sont aussi importantes que le reste. Ça ne veut pas dire «pas de devoirs».

Jess fit irruption dans sa chambre, où elle trouva son père qui lisait un livre allongé sur son lit.

– Oh, salut ma puce ! lança-t-il. C'était bien le ciné ?

Encore une fois, Jess avait oublié qu'il monopolisait son espace d'intimité, et elle dut cacher la colère qu'elle ressentait à le trouver là au moment où elle avait désespérément besoin d'appeler Flora pour lui raconter en détail son éprouvante soirée.

– Oui papa, merci, répondit-elle.

– Et comment ça va, Fred ? demanda-t-il d'un air entendu, très peu subtil.

– Fred va bien, éluda adroitement Jess. Ben Jones était là aussi, et puis Jodie. Après on a pris un café et discuté des effets spéciaux. Je déteste ça. J'aime mieux quand c'est pour de vrai.

Elle s'assit à son bureau et contempla son tableau d'affichage. Il était tout vide désormais, là où auparavant s'étalaient des photos de Fred, des clichés débordants de bonne humeur, de rires, de détente sans nuages. Des plaisirs qui appartenaient au passé ! Que les photos soient dissimulées dans une enveloppe au fond de son armoire ne les rendait pas moins visibles. Curieusement, elle n'avait pas besoin de les voir vraiment, puisqu'elle pouvait deviner leur présence. Le contraste entre ces images de bonheur et la soirée pénible qu'elle venait de subir n'aurait pas pu être plus flagrant. Jess sentit les larmes lui monter aux yeux mais, avec son père dans le dos, elle ne pouvait même pas verser quelques larmes en privé.

— Je crois que je vais me faire couler un bain, annonça-t-elle pour fuir vers le sanctuaire carrelé – car il est bien connu que la salle de bains est le lieu idéal pour une bonne séance de pleurs.

15

Le samedi approchait. D'un certain côté, c'était une bénédiction pour Jess car elle ne serait pas enfermée dans la même salle de cours que Fred toute la journée. Mais d'un autre côté, des événements s'organisaient pour le week-end – et ces divertissements impliquaient Fred. Ce qui en temps normal aurait constitué le grand moment de la semaine.

La veille, au moment de se quitter, Flora lui avait demandé :

– Tu vas à la soirée de Pete Collins ? On dirait que ça va être fun.

Pete était un garçon de leur classe, aux grandes oreilles et au sourire joyeux, et il fêtait ses seize ans en organisant une soirée « Enquête » dans un hôtel chic, l'*Abercrombie*, situé au cœur d'un parc arboré. Depuis la route, il ressemblait à un manoir hanté dans le style du château du *Rocky Horror Picture Show.*

– Je ne sais pas trop... répondit Jess d'un ton hésitant.

Elle savait que Fred y allait car elle avait dû assister aux manœuvres de Jodie pour le forcer à accepter de s'y rendre. Jodie serait de la partie, c'était l'évidence même. Elle avait déjà décrit la robe en velours rouge qu'elle porterait, et qui la faisait ressembler, selon ses propres mots, à «une grosse génisse». Jess se sentait complètement démoralisée.

– Jack veut y aller, avoua Flora. Le frère de Pete, Sean, est un pote à lui, tu sais...

– Peut-être que j'irai.

Jess n'arrivait pas à se décider. Le concept lui plaisait énormément – elle avait toujours rêvé de participer à une soirée enquête –, mais supporterait-elle de voir Jodie flirter avec Fred toute la soirée, tandis que lui se laissait faire, et paraissait même ne pas trop détester ça?

– Je ne sais pas si je peux gérer, admit Jess. Je vais peut-être devoir poser un joker migraine. Je t'appelle demain, d'accord?

– Ça marche. Je dois aider ma mère à revoir toute l'organisation de la maison. Un vrai cauchemar!

Lorsqu'elle se réveilla le samedi matin (toujours dans le lit de sa mère – et Jess priait pour que Flora, malgré sa langue bien pendue, se soit abstenue de révéler ce détail à tout le monde), Jess devait prendre une grande décision : aller ou ne pas aller à la soirée de Pete. Elle aimait bien Pete, un gars du genre joyeux. Mais là n'était pas le problème. L'os, c'était Fred. S'il n'avait pas prévu de s'y rendre, Jess aurait sauté sur l'occasion pour participer à sa première "soirée enquête". C'était le moment ou jamais de s'amuser, d'oublier ses soucis – et Fred – en entrant dans le jeu pendant une heure ou deux. Mais la présence de Fred était prédominante. Et que Fred y aille sans se soucier de savoir si elle y serait ou non…

Quand elle descendit à la cuisine, ses parents avaient déjà petit-déjeuné et étaient partis. Sa grand-mère cuisinait.

– Ils sont partis visiter un appartement en colocation pour ton père, lui apprit-elle. C'est une grande maison du côté du parc. J'imagine que tu as hâte de récupérer ta chambre, ma douce.

Jess hocha la tête et se servit un bol de céréales.

– Samedi ! s'extasia sa grand-mère. Le meilleur jour de la semaine, hein ? Qu'as-tu de prévu pour ce soir ?

– Eh bien, j'ai été invitée à une soirée enquête, répondit tristement Jess.

– Quoi ? s'écria sa mamy, ravie. C'est absolument charmant ! J'ai toujours voulu essayer ça. Tu devras tout me raconter, et prendre des photos avec ton téléphone, aussi.

– Le problème, avoua Jess, c'est que je ne vais pas y aller, je crois.

– Mais pourquoi diable ? Ça a l'air formidable. Je n'hésiterais pas, si je pouvais faire croire que j'ai seize ans.

Réfrénant un frisson à l'idée d'aller à la soirée accompagnée de sa grand-mère, Jess se mit à jouer avec une cuillerée de céréales, en se demandant ce qu'elle pouvait confier à sa mamy de la situation dans laquelle elle se trouvait. Sa grand-mère avait souvent une vision farfelue et réjouissante des maux et misères de Jess.

Au moment où elle ouvrait la bouche pour se lancer dans le récit des douloureuses suites de la *Saga de la rupture avec Fred*, la sonnette retentit.

– J'y vais ! proposa Jess en se levant d'un bond, car sa grand-mère avait les mains couvertes de farine.

En arrivant dans le couloir, Jess distingua une silhouette à travers le verre dépoli de la porte. Elle remarqua tout de suite que, vu sa petite taille, ça ne pouvait pas être Fred. Fred faisait plus d'un mètre quatre-vingts maintenant. Tout en se maudissant d'avoir osé supposer que Fred puisse lui rendre visite,

Jess ouvrit la porte et se retrouva nez à nez avec un parfait inconnu.

C'était un homme d'âge moyen aux cheveux bruns grisonnants et aux grands sourcils tristes. Mais il avait un sourire aimable et une voix douce.

– Je suis désolé de te déranger, dit-il, mais il y a un oiseau coincé dans votre abri de jardin.

L'esprit de Jess se perdit en conjectures. Qui était cet homme ? Un fou qui passait par là ? Comment savait-il ce qu'il y avait dans leur abri de jardin ? Décontenancée, elle ne sut que répondre.

– Désolé ! s'excusa alors l'inconnu. Je m'appelle Quentin Appleton, je viens d'emménager dans la maison voisine. Nous étions en train de ranger quelques cartons dans notre abri quand Luke a entendu un bruit d'ailes de l'autre côté de la clôture.

– Oh merci ! (Ce type était leur nouveau voisin.) Je suis Jess. Jess Jordan. Bienvenue ! Vous n'avez pas trop de mal à vous installer ?

– Non, pas de problème, merci. C'est l'endroit rêvé pour nous. Nous arrivons de Manchester, je viens d'accepter un poste à Saint-Benedict.

C'était un prof ! La situation pouvait devenir plutôt embarrassante !

– Je vais aller faire sortir l'oiseau, alors, dit Jess maladroitement. Il ne risque pas de paniquer et de se prendre dans mes cheveux, si ?

– Non, je ne crois pas, répondit Mr Appleton. Mais Luke peut sauter de l'autre côté et s'en charger si tu veux.

– Oh c'est vrai ? Merci ! remercia Jess, soulagée. Je ne suis pas très douée avec les bestioles qui volent. Mais je vais venir voir quand même.

– D'accord, approuva énergiquement Mr Appleton. On se retrouve derrière.

– Qu'est-ce qui se passe ? demanda la grand-mère de Jess en la voyant traverser la cuisine à toute vitesse.

– C'était le type d'à côté, expliqua Jess. Les nouveaux. Mr Appleton.

– Ah oui, je l'ai rencontré. Il a l'air d'être une tête, tu ne trouves pas ? Apparemment c'est le nouveau responsable des terminales à Saint-Benedict. Surtout ne parle pas de sa femme !

Elle prodigua ce conseil dans une sorte de sifflement surexcité.

Une femme-dont-on-ne-doit-pas-dire-le-nom ? Responsable des terminales ? Même si Mr Appleton n'était pas très grand ni très effrayant à voir, Jess était un peu intimidée, mais sacrément intriguée. Elle enfila sa polaire et sortit dans le jardin.

Deux têtes la guettaient de l'autre côté de la clôture. Mr Appleton, et un adolescent aux cheveux blonds et frisés qui lui adressa un timide sourire.

– Voici mon fils Luke. Luke, voici Jess.

– Salut, fit Jess, pas très attentive à cause des battements d'ailes frénétiques qui cognaient à la fenêtre de l'abri.

– Salut, répondit Luke. Je crois que c'est un merle.

16

– Luke, passe par-dessus la barrière, lui dit Mr Appleton. Jess n'est pas très à l'aise avec les oiseaux.

Luke adressa à son père un curieux sourire en coin.

– Mauvaise nouvelle, lui dit-il, presque en aparté.

Jess ne savait pas ce qu'il voulait dire par là, mais il lui adressa un regard amical en sautant par-dessus la barrière. Puis il ouvrit l'abri de jardin et laissa sortir l'oiseau, qui s'envola aussitôt au-dessus des toits.

– Je me demande combien de temps il est resté là-dedans, dit-il en jetant un coup d'œil à l'intérieur.

Jess l'imita.

– Oh, pas très longtemps je crois, lui dit-elle. Mon père y a fait du rangement pas plus tard qu'hier.

– Il cherche probablement à faire son nid, expliqua Mr Appleton de son côté de la clôture. Si tu laisses une fenêtre entrouverte, il pourra entrer et sortir à sa guise. Sauf si tes parents ne veulent pas qu'il y ait des saletés...

Jess réfléchit une minute et fit la grimace.

– C'est mon père qui est du genre maniaque, mais il adore les oiseaux. Avant il passait son temps à peindre des mouettes.

– Quel homme chanceux! s'écria Mr Appleton. Voilà ce que j'appelle un vrai choix de vie!

Il y eut un bref silence et Jess eut l'impression que tous les trois souhaitaient poursuivre la conversation, mais ne savaient plus quoi dire.

– Et que fait ton père, maintenant, Jess? demanda Mr Appleton.

– Il vient de trouver une place de postier, annonça Jess. C'est un artiste, mais il ne peut pas vivre de ses œuvres, bien sûr. Il vient d'arriver ici. Avant il habitait en Cornouailles, à Saint-Ives.

– Saint-Ives! Formidable! s'enthousiasma Mr Appleton. (Mais même quand il était souriant, ses sourcils gardaient quelque chose de triste.) Nous y avons passé de merveilleuses vacances l'an dernier, n'est-ce pas, Luke? Il a appris le surf.

– C'est vrai?

Maintenant Jess avait une excuse pour examiner Luke avec plus d'attention.

Il était beau, plus grand que son père, il avait

les yeux vert clair, les pommettes hautes, et le vent agitait ses cheveux blonds et bouclés. Lui n'avait pas des sourcils tristes, mais plutôt pleins d'entrain. Il devait avoir hérité du physique de sa mère-dont-on-ne-doit-pas-dire-le-nom.

– J'ai fait un peu de surf, en effet, confirma-t-il. C'était super. Et toi, tu surfes aussi ?

– Seulement sur Internet ! répondit Jess en riant. Je ne suis pas très sportive, malheureusement. Quand je bouge, j'ai tendance à m'emmêler les pieds.

– À qui sont ces raquettes de tennis, alors ? demanda Luke en inspectant l'abri de jardin, où l'on gardait toutes sortes de reliques jusqu'à leur décomposition complète.

C'était un peu gonflé de sa part de regarder et de faire des remarques sur leurs vieilleries, mais faire la conversation à des inconnus n'est jamais aisé.

– Elles sont à ma mère. Elle n'y joue plus vraiment. Elle est bibliothécaire maintenant.

– Et ta grand-mère vit aussi avec vous, c'est ça ? s'enquit le père de Luke. Je lui ai parlé hier. Elle m'a expliqué que ton père est là de manière provisoire, alors vous êtes un peu à l'étroit.

– C'est ça.

Jess était un peu agacée que sa grand-mère ait exposé en détail leur vie de famille, mais

Mr Appleton semblait être quelqu'un de convenable et poli.

– Mes parents sont partis à la recherche d'un logement aujourd'hui – enfin, pour mon père. Ça va être chouette qu'il habite par ici.

– Eh oui, Saint-Ives ce n'est pas la porte à côté, pas vrai? dit pensivement Mr Appleton.

Après un silence, il reprit:

– Écoute Jess, est-ce que ça te dirait de venir déjeuner avec ta grand-mère ce midi? On en profitera pour vous soutirer des informations sur la région – où sont les meilleurs endroits pour surfer, par exemple.

– Pour surfer? répéta Jess d'un ton hésitant.

La côte la plus proche était à quatre-vingts kilomètres.

– Je blaguais, dit Mr Appleton avec un petit sourire. Désolé. Je fais honte à mon fils vingt-cinq fois par jour.

– Ou plutôt cinq mille fois, rectifia Luke en regardant son père d'un air complice.

– Je crois que ma grand-mère va déjeuner avec son amie Deborah, dit Jess. Mais moi, je veux bien venir.

– Eh bien, tu passes quand tu veux alors, lui dit Mr Appleton. On n'a rien prévu de spécial, on défait juste des cartons.

– Oh ben… d'accord. Merci. C'est un plaisir, accepta Jess en souriant.

Mr Appleton avait l'air ravi.

– Ce ne sera pas un grand repas, j'en ai bien peur, ajouta-t-il. Nous n'avons pas encore fini d'installer la cuisine. Bon, tu viens, Luke?

Luke sauta de nouveau par-dessus la barrière. Pendant un instant, Jess regretta d'être maladroite et potelée; elle aurait tant aimé être agile et sportive.

– Mamy! chuchota-t-elle d'une voix tout excitée en rentrant dans la maison. Ils m'ont invitée à déjeuner!

– Oh, c'est adorable ça. Je faisais des scones au fromage, tu pourras leur en apporter si tu veux. Je vais en offrir quelques-uns à Deborah aussi.

– Génial! Merci, mamy. Il faut que je me prépare!

Elle s'élança vers l'étage et affronta son reflet dans le miroir de la salle de bains. Jess savait bien qu'une grosse couche de maquillage serait totalement inappropriée, mais elle procéda quand même à l'opération – ce qui lui prit vingt bonnes minutes – puis nettoya tout et scruta son visage nu et sans apprêt.

Ses sourcils, ça allait parce qu'elle les rectifiait jour après jour. Sa peau présentait quelques imperfections légères, mais rien de trop monstrueux en ce moment. Une fois, elle avait eu un bouton sur le menton qui semblait tout droit sorti d'un film d'horreur : un champignon géant et lumineux. Elle le sentait carrément battre. Aujourd'hui, il n'y avait qu'une galaxie d'éruptions roses habituelles, que Jess camoufla sous une couche de fond de teint correcteur. Le problème, c'était que le correcteur se voyait beaucoup. Elle aurait eu besoin d'un produit pour camoufler le correcteur.

C'était idéal pour le soir, mais en plein jour, ce fond de teint empirait parfois les choses. Jess le retira. Une montagne de boules de coton s'entassait dans la poubelle de la salle de bains. Quel gâchis ! Elle décida qu'un soupçon d'eye-liner et de rouge à lèvres serait bien suffisant. Elle choisit un crayon marron – elle ne voulait pas la jouer gothique, non plus ! Et puis pas de raison de paniquer : c'était un déjeuner pour faire connaissance avec les nouveaux voisins, voilà tout.

À midi et demi, Jess mit quelques scones au fromage dans une boîte en plastique. Sa grand-mère était déjà partie chez son amie Deborah. Pendant une demi-seconde, Jess fut terrassée par un accès de timidité aiguë, et elle regretta que sa grand-mère ne soit pas là pour l'accompagner. Mais elle devait y aller seule, et d'un certain côté, cette perspective l'enthousiasmait.

– Salut ! lança Mr Appleton, qui l'accueillit chaleureusement.

Jess regarda autour d'elle. Il y avait des cartons partout. Certains vides, certains encore à moitié pleins. Une délicieuse odeur flottait dans la pièce.

– J'ai apporté ça, dit Jess en tendant sa boîte en plastique. Des scones au fromage que ma grand-mère a faits.

– Oh, comme c'est gentil ! s'écria Mr Appleton avec ravissement. (Il ouvrit la boîte et inspira profondément.) Du fromage ! Merveilleux ! Entre dans la cuisine, Jess. Luke est en train de finir la préparation du minestrone. Ces scones feront un accompagnement parfait – bien mieux qu'une banale miche de pain.

Dans la cuisine, la table était mise pour trois, donc leur famille se composait sans doute seulement du père et du fils – du moins ce jour-là. Luke était de dos, occupé à touiller dans une casserole sur la plaque chauffante. Lorsque Jess entra, il se retourna et un rayon de soleil accrocha ses cils. Il lui sourit.

– J'espère que tu aimes bien le minestrone, dit-il.

– Luke est un cuisinier plein de zèle, expliqua Mr Appleton avec un grand sourire.

– Ouah, tu as de nombreux talents ! s'exclama Jess, soudain courageuse. (Si elle arrivait à taquiner Luke, la rencontre se passerait mieux.) Le surf, la cuisine, le saut de clôture…

– Le minestrone est très facile à préparer, expliqua Luke avec une sorte de timidité. Il suffit de rassembler tout ce qui traîne.

– Parfois je me dis que c'est comme ça que je vais finir, dit Mr Appleton avec une expression étrangement sinistre. Dans son minestrone!

– Encore une petite blague de mon père, commenta Luke avec un sourire. (Il se tourna de nouveau vers sa soupe, et découpa quelques feuilles de basilic avant de les ajouter à sa préparation.) Il y a du parmesan sur la table, on aime bien le râper nous-mêmes dans l'assiette.

– Super, fit Jess, ravie.

Mr Appleton ajouta rapidement les scones au festin déjà disposé sur la table: de la ciabatta, des olives et du jambon.

– Quel repas! s'extasia Jess. Vous devriez ouvrir un restaurant.

– Ma foi, qui sait? approuva Mr Appleton. Pourquoi pas? On pourrait l'appeler la Taverne de Luke Le Crade.

Jess croisa le regard de Luke et elle comprit aussitôt son expression suppliante «Surtout, ne fais pas attention à mon père zarbi!»

Elle sourit, compréhensive.

– Super comme nom! affirma-t-elle. Ça va attirer les foules.

Luke servit la soupe dans des bols réchauffés et Jess se sentit enveloppée de bonheur. Elle était entourée de ses odeurs et mets préférés : tomates, fromage, basilic et olives.

– Luke a commencé à s'intéresser à la cuisine lors de nos vacances en Italie l'été dernier, lui apprit Mr Appleton.

– En Italie ! J'ai toujours rêvé d'y aller.

– Luke a pris des photos extraordinaires, dit Mr Appleton en lui tendant le parmesan et une râpe. Il pourra te montrer ça après le repas.

– Bonne idée ! accepta Jess.

– Alors Jess, dit Mr Appleton en attrapant sa cuillère avec un sourire très sympathique. Dis-nous tout sur toi !

17

« Au secours, pensa Jess. C'est comme un entretien d'embauche. » Elle savait que son seul espoir de s'en sortir était d'avoir recours à ses talents comiques.

– Oh, moi... soupira-t-elle. Je suis juste la petite voisine sans histoires. Le jour, du moins. La nuit je me laisse pousser des crocs et je vole à travers la ville à la recherche de gorges bien juteuses.

– Ah, je savais que tu étais des nôtres ! s'esclaffa Mr Appleton.

Jess sentit un désagréable frisson courir le long de sa colonne vertébrale. Ces sourcils tristounets avaient vraiment quelque chose d'inquiétant. Mais Luke n'était pas inquiétant du tout. Avec ses cheveux blonds bouclés et ses yeux verts rieurs, il ressemblait plutôt à un personnage sorti d'un livre de Jane Austen.

– Papa, ne révèle pas tous nos secrets, protesta-t-il en souriant.

– Et que fait ta mère ? demanda Mr Appleton.

– Bibliothécaire le jour.

– Mais agent double la nuit ? suggéra Luke.

– Tu as tout compris ! confirma Jess en riant. Elle est une méchante comme dans les films de James Bond, vernis à ongles rouge sang et sourcils cruels. Son boulot à la bibliothèque lui sert juste de couverture.

– Et ta grand-mère ? demanda Mr Appleton. C'est M ?

– Eh oui, c'est elle qui dirige tout. Le crime est sa passion de toujours. Elle s'est fait les dents sur Agatha Christie.

– Hum, appétissant ! commenta Luke.

Jess commençait à trouver que ces voisins allaient être marrants, avec leurs blagues bizarres et leurs expressions rigolotes. Elle décida d'échanger les rôles et de poser des questions à son tour.

– Ça ressemble à quoi, la vie à Manchester ?

– Oh, c'est très agréable, évidemment, répondit Mr Appleton. Mais nous avons ressenti un besoin de changement.

Luke sembla soudain se renfrogner, le regard plongé dans sa soupe. Il devait y avoir un rapport avec la mère-dont-on-ne-doit-pas-dire-le-nom. Était-elle morte? En prison? Avait-elle disparu? Est-ce que Mr Appleton… l'avait fait disparaître? Ses sourcils tristes étaient-ils un signe de repentir? Avait-elle été terriblement agaçante? Et si un jour il s'était approché d'elle dans le jardin, le sécateur à la main, et qu'il lui avait dit «Ma chérie, j'aimerais te parler un instant.» Et puis *schlack*! Il l'avait tailladée à mort.

– Les copains de Luke lui manquent, expliqua Mr Appleton. Mais je suis sûr qu'il va se faire plein de nouveaux amis à Saint-Benedict. Quel établissement fréquentes-tu, Jess?

– Ashcroft, répondit Jess. Nous avons une très bonne équipe de foot, mais à part ça notre réputation est de mettre le bazar dans les bus!

– Tu connais du monde à Saint-Dominic? demanda Mr Appleton.

– Euh, non, je ne crois pas. Mais je peux présenter Luke à tous mes amis.

Luke leva le nez de son minestrone, et son visage montra un bref intérêt.

– Ah ça, ce serait formidable! s'écria son père. Pas vrai, Luke?

– Ouais, super. Et où est-ce que vous vous retrouvez?

– Au *Dolphin Café*, dans une rue attenante à la rue principale, juste à côté de la mairie. On y va parfois après les cours, ou le week-end.

– Mais tu n'y es pas allée aujourd'hui ? demanda Mr Appleton.

Jess se sentit rougir.

– Non, j'avais des choses à faire à la maison, répondit-elle en maudissant son fard, qu'elle aurait bien aimé pouvoir contrôler.

Elle n'allait quand même pas raconter aux Appleton son horrible rupture avec Fred – la véritable raison pour laquelle elle n'était pas allée au Dolphin.

– Depuis le début de la semaine, j'ai promis à ma mère de faire des recherches sur Internet pour elle. Son PC est dans un état lamentable, elle ne classe pas ses documents dans des dossiers ni rien.

– Elle est pourtant bibliothécaire, non ? s'étonna Mr Appleton. Les bibliothécaires ont la réputation d'être très ordonnées.

– Ma mère a une tendance au désordre. Je crois qu'elle a deux personnalités. Elle est un peu comme Dr Jekyll et Mr Hyde.

– En plus d'être un agent secret ? Quelle personne intrigante !

– C'est vrai. Je t'emmènerai un de ces quatre au *Dolphin Café* si ça te dit, Luke, proposa Jess. Pour te faire rencontrer toute la bande.

– Merci, dit Luke avec un sourire chaleureux et pétillant. Je t'en serai très reconnaissant. J'ai vraiment l'impression d'être un *no-life*, on est samedi et je n'ai nulle part où aller ce soir.

– Eh, mais attends ! (Une idée monumentale germait dans l'esprit de Jess.) Pete Collins donne une fête ce soir, une soirée enquête. Tu aimerais venir ?

– Mais… hésita Luke. Je ne suis pas invité…

– Tu pourras être mon invité ! le rassura Jess.

C'était une idée géniale. Ainsi elle pourrait aller à la fête sans avoir l'impression d'être rejetée par Fred. C'était bizarre de se concentrer de nouveau sur sa vie. Pendant ce repas avec les Appleton, elle n'avait pas pensé une seule seconde à Fred. Toute cette histoire lui revint comme un choc. Et elle comprit alors à quel point elle avait ressassé ses problèmes dernièrement.

– Ne t'inquiète pas, Pete sera OK. Je vais lui envoyer un SMS pour le prévenir.

– Bon, ben, merci !

Luke avait l'air vraiment content.

Après le repas, Mr Appleton sortit, et Luke demanda à Jess des conseils pour organiser sa chambre. Elle était remplie de cartons et le seul coin un peu rangé était son bureau, où se trouvait son ordinateur portable. Il avait lui aussi un tableau d'affichage au-dessus de son bureau.

– Eh, c'est marrant, ça ! s'exclama Jess. Ma

chambre est juste de l'autre côté du mur, et mon bureau est exactement au même endroit !

– On peut communiquer secrètement en morse, suggéra Luke. Comme dans le temps, avant les SMS et les e-mails.

– Ou envoyer des pigeons voyageurs, ajouta Jess. Réduction des émissions de CO_2 bien sûr, pour le bonus écologique.

Luke éclata de rire.

– Tu es sacrément drôle !

Jess fut flattée qu'il apprécie ses modestes tentatives d'humour, mais elle détourna la tête et regarda son tableau d'affichage. Il y avait déjà plein de photos : Luke et ses potes qui faisaient les fous, qui se bagarraient déguisés en pirates – le genre de clichés auxquels on pouvait s'attendre.

– Tes amis doivent vraiment te manquer, dit-elle, pensive.

– Oui, admit Luke. Mais mon pote Boris vient le week-end prochain. C'est lui. (Il désigna un gars rondouillard aux cheveux très courts.) Il est cool. Super intelligent. On fait des films ensemble. Il va vraiment, vraiment t'adorer.

– Moi ?

Jess se sentit un peu gênée.

– Oui, toi. On ne t'a jamais dit que tu as un petit air italien ?

Luke l'observait avec un sourire qui semblait parfaitement sincère, comme s'il pensait ce qu'il disait.

– Italien ? répéta Jess en riant. Impossible ! Je n'ai pas le type méditerranéen. Je suis typiquement anglaise, avec de l'acné et de la cellulite.

– Eh bien, je pense que tu passerais très bien à l'écran, insista Luke en la regardant avec des yeux brillants qui mirent Jess mal à l'aise. Tu aimerais faire partie de notre prochain film ?

– Un film ? s'étouffa Jess.

C'était de mieux en mieux.

– On va débuter le week-end prochain. C'est un truc d'avant-garde mélancolique un peu postmoderne, à propos d'un type hanté par le fantôme de son ex-petite amie, morte dans un accident de voiture.

– Alors je jouerais le rôle d'une morte ? demanda Jess avec un frisson de dégoût et de ravissement mêlés.

– Un fantôme séduisant, rectifia Luke. Maquillage blanc... Je te vois déjà, ravissante sous un ciel plombé, debout sous un pont en bordure du canal...

– Quel canal ? demanda Jess.

– On trouvera bien, dit Luke qui s'échauffait de plus en plus et agitait les bras. S'il n'y en a pas, on en achètera un !

– Je devrais peut-être m'entraîner en allant à la

soirée enquête déguisée en fantôme, dit pensivement Jess.

– Oui! s'exclama Luke. Génial! On pourrait tous les deux se déguiser en fantôme! J'ai des tonnes de maquillage et de capes et tout ça!

– Attends! l'arrêta Jess. Et si personne n'est déguisé? Si on est les seuls en fantôme, ça va être bizarre.

Cela sembla démoraliser Luke. Jess était désolée pour lui. Elle n'avait pas envie de s'opposer à ses idées alors qu'ils venaient de faire connaissance.

– Je vais appeler Pete, décida-t-elle en sortant son téléphone. Je suis sûre que ça va marcher.

18

– Ouais, super, répondit Pete. Tout le monde sera déguisé en zombie et autres. Viens avec ton pote, viens avec qui tu veux !

Jess et Luke commencèrent alors leur transformation en fantôme. Luke commença par déballer plusieurs cartons contenant son matériel de cinéma : des costumes, du maquillage, et même quelques perruques farfelues.

– Quand il s'agit de se déguiser, je redeviens un enfant, confessa-t-il en s'affublant d'une longue perruque blonde, le temps de prendre une pose de carnaval.

Jess partit d'un fou rire hystérique. Peut-être Luke était-il gay ? Ce serait génial – elle avait toujours rêvé d'avoir un meilleur ami gay.

Finalement, elle fila chez elle chercher son propre nécessaire de maquillage. Elle ne voulait pas essayer celui de Luke au cas où il serait tout pourri. Bon, il semblait être un chic type, mais elle n'allait pas laisser un garçon presque inconnu lui étaler des trucs sur le visage.

– Essayons de trouver des idées sur Internet, proposa Luke en ouvrant son ordinateur portable lorsque Jess revint de chez elle. Quelle tendance allons-nous suivre ? Les zombies, c'est pas mal ?

– Trop gore, non ? (Jess avait des doutes.) Enfin, j'aime beaucoup les films de zombies, mais tout ce sang, et ces bleus, ça nous prendrait des heures.

– Eh, à propos de zombies, pourquoi tu n'en mettrais pas un dans ton abri de jardin à la place d'un merle ?

– Ouais ! approuva Jess en riant. Ce serait chouette d'avoir un nid de zombies dans le coin ! Leurs bébés seraient adorables ! On irait les promener dans le parc !

– Bonne idée ! admit Luke. Avec des laisses, et des colliers à piques comme les pit-bulls !

Jess rit tout haut en imaginant la scène. C'était si bon de rire de nouveau. Elle ne s'était pas beaucoup amusée ces derniers temps.

Luke explora une foule de sites sur les fantômes et le surnaturel, ce qui occupa deux heures. Ensuite, ils s'aventurèrent en territoire vraiment inquiétant.

– Heureusement qu'il fait grand jour ! dit Jess en

jetant un coup d'œil derrière elle, frissonnante. Ça m'a fichu la frousse!

Luke consulta sa montre.

– Eh, il est temps de s'y mettre! Je penche pour les zombies ou les vampires. Et toi?

– Les vampires sont bien mieux. Les zombies sont passés de mode.

– D'accord, opina Luke. Et puis ça t'ira mieux. Te maquiller en zombie serait un vrai gâchis, expliqua-t-il en lui adressant un regard très direct.

– Qu'est-ce que tu veux dire? demanda Jess, gênée.

Luke détourna le regard et se frotta les mains pensivement.

– Oh, tu sais, dit-il un peu gauchement. Les vampires peuvent avoir un côté charismatique et glamour, alors que les zombies sont juste dégueu.

Il releva la tête avec un grand sourire.

– Je le prends comme un compliment, alors! remercia Jess, histoire de rester dans un registre léger. C'est croc-mignon!

– À propos! J'ai des dents de vampire quelque part.

Luke plongea dans un carton pour en fouiller le contenu. Bientôt il leur trouva une paire de crocs chacun, ainsi que des capes en velours noir et de grands cols blancs.

– J'ai un haut noir que je pourrai porter dessous, dit Jess. Et des leggings. Et des bottes en daim noir !

– La panoplie complète ! s'exclama Luke. Va vite les chercher qu'on puisse commencer le maquillage.

– On devrait manger quelque chose d'abord, suggéra Jess. Mon ventre me dit que c'est l'heure du goûter. Viens à la maison et essaye le gâteau de ma grand-mère – fantastique ! Et il reste peut-être des scones au fromage.

– Personnellement je les préfère à l'hémoglobine, mais merci quand même. Je crois que je vais garder ma cape, pour me mettre dans l'ambiance.

Il remit ses fausses dents et ils foncèrent tous les deux chez Jess.

– Mamy, à l'aide ! cria Jess, faussement paniquée, en entrant chez elle avec fracas. Je suis poursuivie par un vampire !

Mais il n'y avait aucun signe de présence dans la maison – personne n'était là.

– Oh, ben zut, ça tombe complètement à plat, fit Jess en haussant les épaules. Et si tu t'asseyais, je vais nous préparer des croque-monsieur. Haha ! Ou tu préfères peut-être de la ciabatta ?

– Les croque-monsieur, c'est mieux... ta-da ! répondit Luke avec un grand sourire en tourbillonnant dans sa cape... qui fit tomber un verre de l'égouttoir.

Il explosa sur le sol de la cuisine.

– Oh non ! Je suis désolé ! s'exclama-t-il, l'air catastrophé. Je suis vraiment maladroit ! Tu as une pelle et une balayette ? Je vais le remplacer bien sûr.

– Oh là là, tu es tellement poli ! lui dit Jess avec un sourire. Calme-toi ! Et ne t'inquiète pas pour le verre, c'est un truc bon marché acheté en grande surface. (Elle lui tendit la balayette et la pelle.) Si tu ramasses les morceaux, je commence à préparer les sandwichs. Fromage, tomates ?

– Super ! Merci mille fois !

Luke se mit à ramper par terre, puis trouva un morceau de papier dans lequel il plaça les éclats de verre, et il demanda à Jess une boîte de cornflakes vide avec lequel il fit un gros paquet qu'il ferma avec de l'adhésif.

Jess l'observait, abasourdie.

– Pourquoi tu te donnes tant de mal ? demanda-t-elle.

– Pour que les éboueurs ne se blessent pas, expliqua Luke en mettant délicatement le paquet à la poubelle.

– Cependant… s'ils se coupent… dit Jess en prenant une mimique de vampire. On leur sucera le sang jusqu'à ce qu'ils demandent grâce !

Les croque-monsieur furent un franc succès et les parents de Jess arrivèrent pendant qu'ils les

mangeaient. Sa mère entra dans la cuisine la première, d'un pas traînant et l'air épuisé.

Luke se leva précipitamment et la salua. Elle
sembla décontenancée.

– C'est Luke, notre voisin, expliqua Jess. Voici
ma mère... et mon père.

– Enchanté, comment allez-vous ? salua Luke en
tendant la main, très à l'aise.

La mère de Jess était déroutée, mais assez charmée par cet étalage de bonnes manières.

– Bien, merci, répondit-elle d'un ton incertain.

– Elle n'est pas vraiment au mieux de sa forme,
la contredit le père de Jess en se glissant dans la
cuisine. Elle est épuisée et a la migraine. Nous avons
visité six appartements, et finalement le dernier
était le bon.

– Et vous savez quoi ? ajouta sa mère. Le propriétaire est le frère d'Alison, une collègue et amie
à moi. Et comme il n'y a pas de locataire en ce
moment, il a proposé à papa d'emménager tout de
suite !

– Génial ! Bravo ! se réjouit Jess. Tu dois être
épuisée.

– Oh, mais asseyez-vous, proposa Luke en offrant
sa chaise. Est-ce que vous voulez un thé ?

Il alla aussitôt remplir la bouilloire.

La mère de Jess s'assit et adressa à sa fille un

regard interloqué. Elle n'était pas habituée à ce qu'une jeune personne prenne ce genre d'initiative. C'était assez curieux de se voir offrir une tasse de thé par un inconnu dans sa propre cuisine. Mais Luke était lancé, et il trouva de lui-même le thé, les tasses et le lait.

– C'est un peu étrange de te voir faire le thé avec cette cape en velours, fit remarquer la mère de Jess avec une lueur amusée dans les yeux.

– Ah oui, désolé, s'excusa Luke avec un sourire penaud. Je ne m'habille pas toujours de cette façon. On pensait aller à une soirée enquête déguisés en vampire.

– Je croyais que tu ne voulais pas y aller ? dit-elle en s'adressant à Jess avec un regard entendu.

– J'ai changé d'avis, répondit Jess. J'y serais peut-être allée de toute façon, et puis c'est l'occasion de présenter tous mes amis à Luke.

– Très bonne idée, approuva le père de Jess. Fred et lui vont s'entendre comme larrons en foire.

– C'est qui, Fred ? demanda Luke avec un sourire incitant à la confidence, tandis qu'il posait les tasses et le lait sur la table.

Il y eut soudain un blanc horrible dans la conversation et Jess sentit son visage s'enflammer. Elle foudroya son père du regard avant de se tourner vers Luke avec un charmant sourire.

– Juste un de mes amis, affirma-t-elle. Il a la fibre comique.

– Super ! J'ai hâte de le rencontrer !

Quant à Jess, elle appréhendait déjà cette rencontre.

19

Le père de Luke les conduisit à la fête. Ils étaient sur leur trente et un vampiresque : visage livide, crocs acérés, sourcils inquiétants et eye-liner noir.

– Amusez-vous bien, et évitez les miroirs ! leur dit joyeusement Mr Appleton quand ils descendirent de voiture.

C'était la tombée de la nuit et l'hôtel *Abercrombie* dégageait une atmosphère encore plus saisissante que de jour : le faîte du toit et les grandes fenêtres en ogive les surplombaient avec une majesté gothique.

– Ouah ! souffla Luke en levant des yeux impressionnés sur le bâtiment. Je pourrais me percher là, juste à côté de cette cheminée.

– Bonne idée ! approuva Jess.

Malgré tout, elle commençait à se sentir un peu nerveuse. D'un instant à l'autre, elle allait voir Fred. C'était bizarre d'être accompagnée de ce garçon inconnu – bizarre, mais bienvenu, peut-être. Que penserait Fred ? Et à quoi pensait Fred, là tout de suite ? Et s'il ne pensait pas du tout à elle ? Il lui avait donné l'impression d'être complètement détaché. Il avait son adresse e-mail. Il pouvait très bien lui envoyer des SMS. Mais il n'en avait rien fait. Loin d'accomplir un acte héroïque pour la reconquérir, il n'avait même pas levé le petit doigt.

– Eh, ça va ?

Luke l'observait avec inquiétude.

– Oh, désolée, fit Jess en recouvrant ses esprits. Je viens juste de penser à un truc que j'ai oublié de faire chez moi. Ce n'est rien. Allez, on va faire notre entrée.

Luke la prit par le bras et ils gravirent ensemble le grand escalier de pierre. Cela ne voulait rien dire qu'il lui prenne le bras, tâcha de se convaincre Jess. C'était un simple geste théâtral pour rendre leur entrée plus spectaculaire. Ou peut-être Luke se sentait-il lui aussi un peu nerveux, et arriver bras dessus, bras dessous le rassurait. Jess était un peu mal à l'aise, mais elle ne voulait pas en faire toute une histoire et se dégager aurait été maladroit et ridicule. Il suffisait de faire abstraction de ce contact rapproché.

Le hall de l'hôtel était rempli de gens en tenue de soirée – robes de bal, cravates noires… Quelques-uns tournèrent des regards intrigués vers les deux vampires qui entraient. Certains sourirent, d'autres froncèrent les sourcils. Jess ne voyait personne qu'elle connaissait, et en plus, c'étaient tous des gens d'un certain âge.

– Excusez-moi, dit-elle d'une petite voix en s'adressant à la dame la plus proche. C'est ici la fête de Pete ?

La femme sourit d'un air condescendant.

– Non, ronronna-t-elle. C'est la réception pour les fiançailles d'Eleanor et Oscar.

– Quoi ? (Jess commençait à paniquer.) Que s'est-il passé ? J'aurais mal compris ?

– Demandez à la réception, suggéra la femme en désignant du menton un bureau où un jeune homme pâlichon à l'expression renfrognée examinait des papiers.

– Je crois qu'il est des nôtres, murmura Luke alors qu'ils s'approchaient du réceptionniste. Ses crocs sont rentrés jusqu'à la fin de sa journée.

Jess pouffa un peu, mais elle commençait à se sentir vraiment paniquée. Où était passée la fête de Pete ?

– Excusez-moi, nous cherchons la soirée enquête de Pete Collins…

– C'est dans la suite Tennyson, murmura le réceptionniste en jetant un coup d'œil à leurs costumes de vampire de ses yeux sombres. Prenez le couloir puis tournez à droite.

Lorsqu'ils firent irruption dans la suite Tennyson, ils furent accueillis par un brouhaha bien plus joyeux de voix d'adolescents, graves et suraiguës.

– Jess! piailla quelqu'un.

C'était Flora, qui lui faisait signe à l'autre bout de la pièce. Jess remarqua tout de suite que Fred était debout sur la droite, à côté d'une cheminée énorme, avec Jodie et quelques autres. Jodie portait une robe rouge très ajustée. Elle était renversante.

Mais le pire était à venir: en regardant autour d'elle, Jess remarqua que personne d'autre n'était déguisé. Il n'y avait pas de vampires, pas de zombies, pas de squelettes, pas de goules. Tout le monde, absolument tout le monde était en tenue normale ou un peu habillée.

– Oh non! hoqueta Jess. On est les seuls à s'être déguisés! Pete m'avait assuré que ça grouillerait de zombies!

– Pas grave, lui dit Luke. Ça veut dire qu'il y a plus de sang frais pour nous!

Jess essaya de rire.

Flora s'approchait d'eux, accompagnée de Ben Jones et de Mackenzie. Jodie remarqua elle aussi l'arrivée de Jess et sautilla dans sa direction. Fred resta près de la cheminée en feignant de ne rien voir. Mais Jess remarqua précisément le moment où il «ne les vit pas», même si elle non plus ne le regardait pas, bien sûr. Il tourna le dos et fit mine de se réchauffer à la chaleur des flammes.

– Jess! hurla Jodie. Tu es magnifique! Mais pourquoi tu t'es déguisée? Et qui est ce beau garçon avec toi? Qu'est-ce que tu attends pour nous le présenter?

– Voici Luke, dit Jess. Luke, je te présente Jodie, Flora, Ben et Mackenzie.

Tout le monde souriait et s'extasiait devant leurs costumes, mais Jess était un peu furax qu'ils soient les seuls à se distinguer par leur accoutrement.

– Alors d'où tu sors, toi? demanda Jodie à Luke.

– De mon cercueil, répondit Luke. Et j'ai des vues sur ton cou.

Jodie hurla, ravie.

Soudain, Jess réalisa que si le courant passait entre Jodie et Luke, c'était tout à son intérêt, dans la situation présente. Les manières étrangement directes et l'attitude assurée de Luke avaient des chances de séduire Jodie, ce qui l'éloignerait de Fred, auquel elle semblait s'attacher de plus en plus.

– Oui, Jodie est connue pour avoir un cou vraiment délicieux, encouragea Jess. Cinq étoiles sur le site des vampires.

– Alors il faut que j'essaie ça! s'écria Luke.

Il attrapa Jodie et plongea sur son cou.

Flora, Ben et Mackenzie eurent l'air un peu surpris car Luke agissait comme s'il les avait toujours connus, comme s'il faisait déjà partie de leur bande.

– Hmmm, fit-il en relevant la tête. Groupe O si je ne m'abuse. Un bouquet fruité et un arrière-goût qui a du corps.

– Ça c'est sûr, approuva Mackenzie avec un sourire taquin.

Jodie lui donna une petite tape sur l'épaule.

– Ferme-la, p'tite tête! le rabroua-t-elle.

Pete Collins vint alors vers eux, en compagnie d'une femme d'environ trente ans vêtue d'une robe noire habillée.

– Pete! gémit Jess. Tu nous avais dit que tout le monde se déguisait!

– Désolé! s'excusa-t-il avec un sourire ravi. Il a dû y avoir un malentendu.

Il lui adressa un clin d'œil goguenard. Voilà l'explication: Pete l'avait bien eue! Mais il était difficile de se fâcher contre lui, car c'était un gars joyeux et boute-en-train, et en plus, c'était son anniversaire.

– Joyeux anniversaire, imbécile! lui souhaita Jess.

– Merci. Voici Jemma, elle est l'organisatrice de la soirée enquête.

– Bonsoir! Quels beaux costumes! Vous avez

vraiment fière allure. J'avais juste un mot à vous dire : pour que la soirée enquête se déroule bien, il faut que tout le monde y mette du sien et suive les instructions. Donc même si vous êtes déguisés en vampire, nous ne voulons pas de perturbations créées par des morsures ou des hypnoses, d'accord ?

– Oui, bien sûr, répondit poliment Jess. Ça n'arrivera pas !

Loin d'elle l'idée de gâcher la soirée de Pete, même si elle se réservait le droit de lui faire sa fête la semaine suivante, pour se venger de l'avoir laissée venir déguisée.

– Pas de problème ! ajouta Luke. Même si je dois dire que vous avez un cou très alléchant !

Jemma eut l'air gênée et légèrement dégoûtée. Jess ressentit un léger frisson de doute. Pouvait-elle faire confiance à Luke pour bien se tenir et jouer le jeu convenablement ? Elle n'était pas sûre de savoir à quoi s'attendre avec lui, étant donné son énergie et son assurance hors du commun. Et puis ils n'avaient pas encore salué Fred.

20

– Bien, poursuivit Jemma d'un ton très professionnel, voici votre carte de personnage. À partir de maintenant, vous êtes ces personnages, d'accord ? Ces cartes vous dictent votre personnalité pour la soirée, et vous interagirez avec les autres invités qui joueront eux aussi un personnage. Nous servons des amuse-bouches et des boissons pour l'instant, ensuite il y aura un événement, puis nous irons au buffet principal, et après ce sera le moment des interrogatoires.

– Luke, chuchota Jess d'un ton pressant. Je crois qu'on devrait retirer nos dents de vampire. D'après la carte, je suis une employée de banque du nom de Felicity Finance.

– Quel dommage ! soupira Luke. Je commençais à bien me prendre au jeu. Avec ça, j'avais une excuse pour mordre le cou des jolies filles.

Il retira ses fausses dents et les rangea dans sa poche.

– Je crois qu'on devrait aussi enlever nos capes.

Jess se tortillait frénétiquement pour se dégager de la sienne, mais ses bras se prirent dans la doublure et aussitôt Luke vint à sa rescousse. Il était si bien élevé !

– Il nous reste le maquillage blanc inquiétant.

Jess, encore aux prises avec son vêtement, savait que, même sans cape et sans crocs, elle se sentirait très mal à l'aise. Mais pourquoi diable s'étaient-ils lancés dans cette histoire de vampires ?

– Ne t'inquiète pas, lui dit Luke. Tu es ravissante.

Il la délivra avec délicatesse en dégageant ses bras des plis du tissu.

– Salut !

Cette voix lui arriva dessus comme un boulet de canon, de derrière son épaule gauche. Jess se retourna maladroitement et découvrit une silhouette qui les observait. C'était Fred, l'air moqueur. Son apparition soudaine la prit au dépourvu.

– Oh, Luke, marmonna-t-elle en bégayant. Voici, euh, Fred.

– Pas du tout, la contredit Fred. Je suis sir William Gobion, tout droit rentré d'une expédition dans les Andes, où j'ai contracté une maladie mortelle. Attendez, non, je n'étais pas supposé vous dire ça.

– Ravi de faire votre connaissance, dit Luke en

serrant la main de Fred avec aplomb. Désolé pour la maladie mortelle. J'espère que vous avez une bonne assurance voyage. Je suis… Ah! Je suis Cyrus S. Spoonfinger, courtier d'assurances, un peu louche, originaire de New York. Je n'aurais peut-être pas dû parler du côté louche.

– Pas de problème! Pas de problème! Fred se faisait peu à peu à son personnage de gentleman anglais à la voix tonitruante. Je préfère nager en eaux troubles. Et puis vous êtes un Américain – c'est tout ce qui compte. Si vous voulez m'assassiner, je sais que ce sera propre et net, avec un de ces adorables revolvers américains.

Luke rit légèrement.

– Mais à l'inverse, si vous, vous vouliez me tuer, répliqua-t-il, vous pourriez utiliser quelque chose de sournois rapporté des Andes. (Il se tourna vers Jess.) N'acceptez pas d'amuse-bouches de la part de cet homme! Comment vous prénommez-vous, déjà?

Jess commençait à se sentir un peu mise de côté pendant cette joute oratoire pré-meurtre.

– Felicity Finance, leur annonça-t-elle.

Elle savait grâce à sa carte qu'elle était fortement impliquée dans un détournement de fonds qui délestait la banque de plusieurs milliers de livres par semaine, mais elle ne savait pas si elle devait le révéler.

– Je travaille dans une banque, dit-elle pitoyablement.

C'était nul ! Le personnage de Felicity n'était pas marrant du tout, comparé à sir William Gobion et à Cyrus Spoonfinger. Pire encore, elle était paralysée par la gêne. Fred l'avait observée se battre avec sa cape. Il devait avoir vu comment Luke l'avait aidée avec douceur, dégageant gentiment son bras, presque tendrement.

– Je suis en cours de reclassification zoologique, ajouta-t-elle vivement, cherchant à placer la déclaration la plus grotesque qu'elle puisse trouver, quelque chose de tellement à l'ouest que personne ne pourrait jamais avoir ça sur sa carte. Elle devait absolument paraître charmante et éblouissante d'esprit à Fred. Tout l'opposé d'une boutonneuse sans conversation. Et quelque part, c'était encore plus difficile en présence de Luke, qui se montrait si confiant et qui s'exprimait avec aisance.

– Et quelle espèce allez-vous rejoindre, si je puis me permettre ? s'enquit Fred de sa voix tonnante. J'ai pour habitude de chasser et de manger les autres espèces animales, aussi cette nouvelle m'enchante-t-elle. Si vous pouviez vous transformer en cerf, ou peut-être en faisan, ce serait magnifique. Je pourrais vous dévorer avec une farce au citron ou au thym. Et soyons francs, qu'est-ce qui peut arriver de mieux à une employée de banque ?

Luke éclata de rire. Évidemment, il trouvait Fred complètement hilarant. Jess aimait bien le fait que Luke n'ait pas besoin de se mettre constamment en avant, et qu'il apprécie les plaisanteries de Fred. Ou du moins elle aurait pu aimer cela si elle avait réussi à se concentrer là-dessus, au lieu d'être douloureusement consciente que Fred était venu leur parler mais qu'il semblait parfaitement normal et détendu, comme si de rien n'était. Qu'il soit venu vers eux était déconcertant en soi. Il aurait dû se terrer dans un coin, le visage assombri par le tourment ; ou se battre en duel avec Luke et le terrasser.

– J'aimerais bien être reclassifié, dit pensivement Luke.

– En quoi ? demanda Fred de sa voix distinguée. Vous m'avez dit que vous étiez… ? Une sorte de vendeur d'assurances ? Vous deviendriez sans doute un immonde invertébré.

– Oui, je crois que ce serait idéal, répondit Luke avec un sourire. Une limace peut-être. Je voudrais faire crier les filles.

– Oh je comprends ! approuva Fred. J'ai fait crier les filles sur tous les continents et je dois dire qu'honnêtement, aucun autre sport ne vaut ça. Ha ha !

C'était ridicule, mais Jess se sentit un peu vexée.

Il valait sans doute mieux que Fred et Luke s'entendent bien, mais elle trouvait quand même qu'ils s'entendaient un peu trop bien. Elle se sentait presque mise à l'écart.

C'était vraiment stupide! Après tout, ils jouaient leur rôle pour la soirée, c'était juste un moment de détente, Luke et Fred étaient tous les deux marrants, alors qu'est-ce qui l'empêchait de s'amuser? Pourquoi se sentait-elle si morose et embarrassée?

La soirée se poursuivit, avec de délicieux petits-fours, ainsi que le fameux «meurtre» – le pauvre Mackenzie fut la victime.

– Très bon choix de macchabée! chuchota Jess à Luke. Que Mackenzie reste allongé sans bouger et sans parler pour le reste de la soirée, c'est mission impossible!

Luke éclata de rire.

– J'aime bien son pote – comment il s'appelle? Ben? Je crois qu'il en pince pour toi, d'ailleurs.

– Oh non, non, protesta Jess en riant. Avant c'était moi qui flashais sur lui, après ça m'est passé, et on a essayé de sortir ensemble une fois, mais ça n'a jamais marché.

Elle avait failli dire: «J'étais complètement obnubilée par Fred, et c'était au moment où Fred et moi, nous étions en froid...» Mais elle ne voulait pas parler de Fred à Luke. C'était trop intime.

Luke sympathisait très vite avec chacun, et c'était chouette. Cela aurait été pénible qu'il soit d'une timidité maladive, comme son correspondant étranger l'année précédente, qu'elle devait traîner au lycée comme un poids mort et accompagner partout. Luke était indépendant. Il se liait facilement avec les autres, conversait avec les amis de Jess et les faisait rire. Il s'entendait particulièrement bien avec Fred. Mais Jess ne tenait pas à ce qu'il soit au courant de leur histoire.

Au bout du compte, le meurtrier fut découvert, on leur servit des glaces et tout le monde félicita Pete pour son anniversaire génial. Et pourtant, Jess avait l'impression de s'être fait avoir. Elle n'était pas parvenue à se détendre complètement ni à entrer dans son personnage. Alors que d'habitude elle adorait ça ! Elle avait eu du mal à se concentrer. Au lieu d'écouter les ragots pour essayer de faire chanter les autres personnages ou pour départager les suspects en relevant des indices, elle s'était torturée à chercher des preuves concernant une histoire entièrement différente.

Toute la soirée, Fred s'était comporté avec beaucoup de naturel envers Luke. Il n'avait pas montré le plus petit soupçon de jalousie. Comme si les liens particuliers qui l'avaient uni à Jess n'avaient jamais existé. Alors que pour elle, le souvenir d'avoir été la petite amie de Fred était si vif que parfois elle ne pouvait penser à rien d'autre. Elle n'avait qu'une idée fixe : elle attendait que Fred initie une réconciliation. Mais il semblait pour sa part aller de l'avant sans difficulté, comme si avoir été le petit copain de Jess n'était rien de spécial, finalement.

Et puis Jess avait aussi été parasitée par une préoccupation imbécile : Fred et Jodie. Elle avait passé chaque instant de la fête à se demander s'ils étaient ensemble. Ils étaient souvent l'un à côté de l'autre, mais le scénario de la soirée enquête voulait que les gens interagissent. Mais étaient-ils « ensemble », selon l'expression consacrée ? Chaque fois que Jodie était près de Fred, elle lui mettait un bras sur les épaules, lui tapait dans le dos ou lui tirait les cheveux. D'un autre côté, Jodie était comme ça avec tout le monde. Mais ce comportement très tactile était-il dû au caractère de Jodie, ou révélait-il quelque chose de particulier ?

À la fin de la soirée, Jess était complètement chamboulée, et pendant le retour dans la voiture de Mr Appleton, elle laissa Luke bavarder pour deux.

– C'était génial ! répétait-il, très enthousiaste. J'ai trop hâte de raconter ça à Boris. Il va être vert ! Et tes amis sont super, Jess. Merci mille fois, c'était la meilleure soirée de tous les temps !

Jess lui sourit faiblement, lui rendit les fausses dents et la cape, le remercia de l'avoir accompagnée et son père de les avoir véhiculés, puis elle remonta l'allée de sa maison d'un pas traînant, comme si elle portait toute la misère du monde sur ses épaules. Au moins elle avait fait une bonne action en présentant Luke à ses amis. Elle était contente pour lui, il s'était bien amusé. Pour sa part, elle avait étrangement l'impression d'avoir passé la soirée enfermée dans un sac avec dix pit-bulls de mauvais poil.

21

Maintenant, Jess devait affronter sa famille : ils étaient tous rassemblés autour de la table de la cuisine pour prendre un chocolat chaud tardif.

– Alors, comment c'était, cette soirée enquête ? demanda sa grand-mère, impatiente. Je suis restée debout uniquement pour tout savoir.

Jess se sentit soudain découragée. Elle ne se rappelait pas grand-chose de cette enquête-là. Tout ce qu'elle gardait en mémoire, c'était que Fred s'était comporté de façon absolument normale, et cela l'avait progressivement poussée aux limites de la démence à mesure que la soirée avançait.

– Oh, normal, répondit-elle d'un ton détaché.

– Comment ça, normal ? s'étonna sa grand-mère.

– Qu'est-ce qui ne va pas ? interrogea sa mère, qui avait remarqué le comportement inhabituel de Jess.

– Rien. Je suis fatiguée, c'est tout. Je vais juste monter retirer ce maquillage débile.

– Attends ! lui cria son père. Tu ne vas pas nous raconter ta soirée ? Tu ne veux pas une tasse de chocolat chaud ?

– Non merci, papa, répondit platement Jess au pied de l'escalier. Trop fatiguée. Je vais aller au lit directement.

– Comment ça s'est passé pour Luke ? demanda anxieusement sa mère.

– Parfaitement bien ! la rassura Jess en se traînant à l'étage. Bonne nuit !

Un chœur de «bonne nuit» lui répondit de la cuisine, mais Jess imaginait très bien les regards qui devaient s'échanger en bas. Elle savait qu'elle serait soumise à un nouvel interrogatoire le lendemain matin. Lorsqu'elle posa la tête sur son oreiller, l'odeur désagréable du démaquillant encore dans les narines, elle repensa avec tristesse à la façon dont Fred aurait dû se comporter.

Depuis qu'ils s'étaient séparés le jour de la Saint-Valentin, elle attendait qu'il la reconquît par une action d'éclat, quelque chose qui aurait prouvé qu'il l'adorait toujours, quelque chose d'imaginatif et d'innovant. Après tout, il avait l'imagination la plus fertile du monde.

Mais il n'avait rien fait du tout.

Jess se rappela que c'était précisément pour son inaction qu'elle avait largué Fred : il ne l'avait pas aidée à organiser le gala, alors qu'il avait affirmé qu'il s'en occupait. Il était peut-être intrinsèquement veule. Le fait qu'il n'ait pas trouvé comment lui dire qu'il était torturé par son absence, qu'il ne l'ait pas suppliée de se remettre avec lui était déjà terrible – cela signifiait sans doute qu'elle n'était pas si importante à ses yeux, mais surtout que Fred n'était pas aussi génial et merveilleux qu'elle l'avait toujours cru, qu'il ne croquait pas la vie à pleines dents pour en faire ce qu'il voulait, mais qu'il était plutôt passif et se laissait porter. Elle ne voulait vraiment pas que Fred soit ce genre de personne, qu'ils soient ensemble ou non.

Lorsque Jess descendit petit déjeuner le lendemain, un événement imprévu survint. Ses parents étaient apparemment sortis, mais sa mamy leva la tête avec un air espiègle.

– Cette lettre est arrivée mystérieusement cette nuit ! annonça-t-elle, tout excitée. Délivrée directement.

Le cœur de Jess bondit dans sa poitrine, et elle se sentit rougir. Sur la table une enveloppe blanche était posée à sa place. Il y avait son nom dessus, imprimé en capitales qui semblaient délibérément anonymes. Rapidement, elle attrapa le courrier et courut à l'étage. C'était peut-être ça, pensa-t-elle, les doigts tout tremblants, en s'enfermant dans la salle de bains. Son cœur battait à tout rompre. Elle déchira l'enveloppe et en sortit une feuille. Son cœur bondit de nouveau. C'était un poème !

« Belle vampire, tu hantes mes nuits,
Je pourrais te saluer avec de terribles cris,
Si seulement tu te montrais à ma fenêtre le soir,
Les crocs ensanglantés, le visage blême comme la
mort.
Oh, viens jusqu'à mon lit et mords-moi fort !

Je suis un peu solitaire depuis nos adieux
Mais je sais que tu dois te cacher du ciel radieux.
J'attendrai, assoiffé, que vienne la noirceur
Alors viens, charmante vampire, fais-moi peur.

Me passer de Jess pour toujours est hors de question,
Quelle détresse, plutôt me porter candidat à l'adoption
Par des ogres ou des loups. Je me sens dépérir,
Viens, accours à mon chevet, belle vampire. »

Jess sentait sa poitrine près d'éclater. Enfin ! Fred avait agi pour se faire pardonner ! Ça lui ressemblait tellement d'utiliser le truchement d'un poème mystérieux et anonyme déposé à la faveur de la nuit ! Du

Fred tout craché, ça! Mais ce n'était pas vraiment anonyme : la lettre était truffée de ses traits d'humour bien reconnaissables. «Je suis un peu solitaire depuis nos adieux» : il faisait évidemment référence à leur rupture. «Me passer de Jess pour toujours est hors de question/Quelle détresse, plutôt me porter candidat à l'adoption» : c'était sa manière de dire qu'il voulait à tout prix qu'ils se réconcilient. Il avait utilisé les mêmes mots quand ils prenaient un café après le film de James Bond : «Jess Détresse». Toutes ces petites allusions… C'était adorable de sa part, vraiment adorable!

Jess embrassa la feuille – c'était quand même la première fois qu'on lui écrivait un poème, et il était explicitement romantique malgré les traits d'humour bizarre qui surgissaient ici et là. C'était un poème merveilleux, elle le garderait toute sa vie. Et quand ils seraient bien vieux et grisonnants, entourés de petits-enfants, le poème serait encadré et accroché au mur, jauni mais toujours fabuleux.

Jess le replia soigneusement et le rangea dans son soutien-gorge, contre son cœur. Puis elle redescendit d'un pas léger.

– Alors…? demanda sa grand-mère en haussant un sourcil interrogateur. Si j'en crois l'éclat de ton regard, j'ai l'impression que tout va bien maintenant, non?

– Ah ça, c'est sûr, mamy! s'écria Jess, radieuse. Pour moi, ce sera pain perdu ce matin, avec une double ration de garniture. Et quand j'aurai avalé tout ça, j'irai chez Fred.

– Ah, fit sa mamy avec un sourire attendri. Tout est bien qui finit bien, ma chérie. Je suis contente pour toi.

22

Comme Jess avait dormi tard, il était environ midi lorsqu'elle partit enfin pour chez Fred. Évidemment, il lui avait fallu une heure pour choisir sa tenue. Elle avait été tentée d'emprunter de nouveau la cape et les dents de Luke afin de rester dans le ton de cette merveilleuse réconciliation digne d'un roman sentimental, en apparaissant à la porte de Fred telle qu'il l'avait décrite dans le poème. Mais elle avait décidé qu'il serait trop gênant de se balader déguisée dans la rue. L'expérience de la veille – lorsque Luke et elle étaient arrivés à la fête de Pete et avaient compris qu'ils étaient les seuls à s'être déguisés – lui avait suffi.

L'idée du déguisement de vampire écartée, Jess essaya environ cinq mille associations vestimentaires, passant en revue divers concepts : la fille à la plage, la femme fatale, la hippie, l'héroïne de Jane Austen, la bimbo, Hamlet (la combinaison chemise blanche leggings noirs était une valeur sûre, mais Jess décréta que ses jambes étaient trop volumineuses pour Hamlet)...

Finalement, elle se décida pour une tenue des plus simples : jean et haut gris (et sa polaire par-dessus bien sûr, puisque le temps était plutôt frisquet). Une écharpe négligemment enroulée autour du cou apportait la touche finale. Elle avait dix-sept écharpes, mais après les avoir toutes successivement essayées, elle en avait choisi une appartenant à sa mère, dans les tons crème, qui semblait en mohair et lui adoucissait les traits en la rendant plus souriante.

Son visage avait d'ailleurs subi un ravalement conséquent en prévision de la rencontre. Elle avait testé une dizaine de façons de maquiller ses yeux, mais aucune n'allait avec ses lèvres. Finalement, elle se contenta d'une touche de mascara et d'une épaisseur de gloss. Après tout, c'était dimanche matin. Il ne fallait pas avoir l'air d'un pot de peinture en passant à côté de l'église méthodiste.

En longeant l'édifice religieux, Jess adressa une prière silencieuse à Dieu, pour le remercier de tout cœur d'avoir inspiré à Fred ce poème. Il s'agissait sans doute d'un plan divin pour leur faire comprendre à quel point ils étaient merveilleusement assortis, en les rendant malheureux un moment. Jess avait l'impression qu'on lui avait enlevé un poids énorme, si bien qu'elle flottait presque au-dessus du trottoir.

«Merci mon vieux, faiseur de miracles», pensa-t-elle tout en pressant le pas. «Pour vous témoigner ma gratitude, je serai une bonne fille désormais, et je ne crierai plus jamais sur maman.»

C'était une promesse un peu irréfléchie, mais Jess était bien décidée à montrer à Dieu que sa générosité n'était pas gaspillée.

«Et merci d'avoir créé Fred, à propos», ajouta-t-elle en s'engageant dans la rue où il habitait. «C'est vraiment l'un de vos chefs-d'œuvre.»

À présent elle était devant la porte du chef-d'œuvre. Elle hésita un instant, le cœur bondissant dans la poitrine. C'était comme le trac avant de jouer dans une pièce de théâtre. Elle avait rêvé de cet instant, mais elle devait reprendre ses esprits afin de le savourer pleinement.

Elle sonna et la mère de Fred vint lui ouvrir. Lorsqu'elle vit Jess, son visage passa par plusieurs expressions : étonnement, plaisir, et enfin, gêne.

– Jess, quelle bonne surprise ! dit-elle avec un grand sourire, suivi d'un moment d'hésitation.

Elle ne l'invita pas tout de suite à entrer. Bien sûr, elle devait être tout aussi contrariée que les parents de Jess au sujet de leur rupture, et elle ne pouvait pas deviner que le jour sacré où tout rentrait dans l'ordre était arrivé.

– Je suis ravie de vous voir aussi, dit poliment Jess. Comment allez-vous ? Et Mr Parsons ?

– Bien, bien, merci ! répondit Mrs Parsons avec un sourire amical.

Il y eut un blanc. La mère de Fred n'invitait toujours pas Jess à entrer. Elle devait trouver la situation bizarre, pensa Jess.

– Est-ce que Fred est là ? demanda-t-elle carrément.

Il fallait bien que quelqu'un prenne les devants.

– Bien sûr ! Entre donc. Mrs Parsons s'écarta. Fred ! appela-t-elle en direction de l'escalier, tandis que Jess franchissait allégrement le seuil.

Une porte s'ouvrit à l'étage.

– Fred ! répéta Mrs Parsons. C'est Jess !

Fred apparut sur le palier. Il avait un pinceau à la main et portait par-dessus ses vêtements une chemise maculée de taches de peinture. Il regarda Jess et piqua un fard. Évidemment, son poème lui revenait en mémoire.

– Salut, fit-il. Ma chambre est en train de subir un *relooking*. Monte ! Plus on est de fous, plus on rit.

Alors qu'elle gravissait les marches en bondissant, une alarme dans un coin de son cerveau lui signala que l'expression «Plus on est de fous, plus on rit» était un peu incongrue dans ce contexte. Elle comprit alors que Fred avait dû lui faire passer un message devant sa mère. Une fois qu'ils seraient à l'abri des regards dans sa chambre, porte close, elle pourrait se jeter dans ses bras et lui faire le plus gros câlin du monde – ceux des ours exceptés. Elle se fichait même de récolter de la peinture sur son haut.

Elle pénétra dans sa chambre… et soudain l'univers sembla se fendre de haut en bas. Jodie était là. Le cœur de Jess s'arrêta de battre une seconde, son cerveau coula par ses oreilles, son sang se mit à bouillonner, sa salive se changea en vapeur et ses ongles crépitèrent. Elle ne s'attendait tellement pas à ce choc monumental! Malgré tout, elle parvint à camoufler son étonnement et son dépit. Ils ne devaient pas voir à quel point elle était dégoûtée.

– C'est… incroyable! s'extasia-t-elle, le souffle coupé.

Heureusement, il y avait en effet de quoi être ébahi. Tous les meubles de la chambre étaient empilés au milieu et recouverts d'une housse de protection. Un mur était entièrement peint en bleu pâle – avant, il était d'une teinte crème passe-partout. Le bleu contrastait de façon ravissante avec le rose vif du visage de Fred. Même Jodie avait légèrement rougi. Mais, fidèle à elle-même, elle chassa toute gêne et se lança aussitôt dans une justification.

– Depuis que je suis venue voir Fred lorsqu'il avait la grippe, je n'ai pas arrêté de lui dire que sa chambre avait besoin d'un *relooking*, expliqua-t-elle crânement.

– Ah, commenta sobrement Jess, qui résistait vaillamment à l'envie d'étrangler Jodie.

Jamais alors qu'ils étaient ensemble elle ne s'était permis de lui suggérer de quelle couleur les murs de sa chambre devaient être peints. C'était presque comme si Jodie et lui se fiançaient.

– Très bonne idée, ajouta-t-elle, les dents serrées. J'aime le bleu.

En fait, elle détestait le bleu. Jamais plus elle ne porterait un vêtement bleu. Si les yeux de Jodie avaient été bleus, Jess les aurait arrachés dès que ses ongles auraient été assez longs pour cette tâche. Mais heureusement pour elle, Jodie avait les yeux noisette.

– Ça s'appelle «Eaux superficielles», précisa Jodie, très fière de son goût en matière de bleus. Je trouve que ça fait penser à des plages tropicales, non?

– Très joli nom, approuva Jess, amère. Quand Fred sera allongé dans son lit, il pourra regarder les murs en pensant à tous ses amis superficiels.

– Alors il pensera toujours à moi ! se réjouit Jodie. Je dois être la personne la plus superficielle qu'il connaisse ! Ha ha ! Dommage, Jess !

Cette déclaration horrible fit frémir Jess jusqu'au tréfonds de son âme. Jodie s'efforçait, avec ses gros sabots, de transformer une situation embarrassante en un moment amusant. Mais elle n'avait réussi qu'à piétiner le cœur et l'âme de Jess.

Quant à la présence de Jodie dans la chambre de Fred, elle laissait planer un léger doute sur la nature de leur relation. D'accord, elle l'aidait à repeindre ses murs, occupation anodine qui n'impliquait pas forcément qu'ils soient «ensemble». Mais le fait qu'elle ait orchestré ce *relooking* n'était pas du tout de bon augure.

Fred se retrouvait-il, contre son gré, entraîné dans la puissante sphère d'influence de Jodie? Le poème vampirique était-il une bouteille à la mer ?

Jess devait trouver une façon discrète de faire allusion au poème, de manière que Fred sache qu'elle avait compris qu'ils pouvaient faire machine arrière, qu'ils s'enlaceraient passionnément dès que cette casse-pieds de Jodie serait hors de vue.

23

– Désolée, je ne vais pas pouvoir rester. J'aurais adoré avoir des traînées bleues dans les cheveux! pépia Jess dans un effort désespéré pour retrouver sa verve habituelle. Mais j'ai des trucs à faire. Je suis juste passée à cause d'un poème.

Fred n'eut aucune réaction.

– Un poème? répéta-t-il en fronçant légèrement les sourcils.

Oh zut! Évidemment il devait prétendre ne pas savoir de quoi elle parlait en présence de Jodie.

– Quel poème? demanda-t-il.

Jess devait vite changer de tactique. Elle chercha à toute allure d'autres possibilités poétiques.

– J'écris un poème, s'empressa-t-elle de dire. Sur, euh… les pirates.

Il ne fallait pas qu'elle parle de rupture

évidemment. En revanche, un naufrage... le message pouvait passer.

– Les pirates ? s'étonna Jodie, comme si on lui avait demandé son avis. Pourquoi un poème ?

– C'est pour... un concours, lâcha Jess, qui s'embourbait dans ses propres mensonges.

– Quel concours ? interrogea Jodie. C'est quoi le premier prix ? N'importe qui peut participer ?

– J'ai oublié quel était le premier prix, répliqua Jess. Je crois que c'est mille livres, quelque chose de ce genre. Mais ce n'est pas le prix le plus important.

– Bien sûr que si, idiote ! cria Jodie. Mille billets ! Vite, vite, dis-moi comment m'inscrire ! Si je peux faire des *relooking*, je peux écrire de la poésie !

– Mais qu'est-ce que j'ai à voir avec cet intérêt soudain pour la poésie ? demanda Fred.

« Ah oui, bonne question... » Jess ne savait plus comment s'en sortir. Puis elle eut une inspiration subite.

– Tu n'avais pas, euh, un dictionnaire de rimes ? bredouilla-t-elle.

– Un dictionnaire de rimes ? Fred avait vraiment l'air surpris. Qu'est-ce qui t'a fait croire ça ?

– Ah non, attends ! Jess se frappa le front en mimant une révélation soudaine. C'était Flora ! Bien sûr ! Sa sœur Freya passe son temps à écrire des poèmes. Je file chez Flora. Désolée de vous avoir interrompus en pleine peinture-party.

Elle recula vers la porte.

– Mais il faut que tu nous donnes les détails à propos de ce concours! protesta Jodie.

– Demain, promit Jess, qui hésita un instant sur le seuil. (Devait-elle lancer à Fred un dernier regard de braise suppliant? Non, ça faisait trop désespéré. Elle lui adressa simplement un coup d'œil enjoué.) Allez, on se voit au bahut! lança-t-elle en imitant un accent américain (qui servait à cacher qu'elle était au supplice).

Puis elle dévala l'escalier et s'empressa de sortir.

Le temps lui sembla s'être rafraîchi par rapport à l'aller où elle bondissait joyeusement sur le trottoir pour rejoindre Fred. Dans tous les jardins, les crocus fleurissaient. À présent ce signe du printemps lui paraissait sinistre. «Les fleurs portent la marque du diable», décida Jess. Elles invitaient à croire que le monde était un endroit charmant, alors qu'en réalité il était corrompu.

Fred était-il l'auteur du poème? Est-ce qu'il faisait semblant de ne pas savoir de quoi elle parlait? Qu'est-ce qu'il pensait? C'était parfois difficile de deviner ce qui se tramait dans le cerveau de Fred. Apparemment il était sous l'influence de Jodie et se sentait paralysé, incapable de se débarrasser d'elle ou de parler franchement à Jess tant que l'intruse était là.

Un oiseau chantait dans un arbre non loin de là. Ce son suraigu était horrible et lui vrillait le crâne, ce qui lui déclencha une migraine. «Le printemps, c'est vraiment nul», pensa Jess. Elle avait les idées si embrouillées qu'elle était presque arrivée chez Flora quand elle se souvint qu'elle n'avait pas besoin d'aller chez son amie puisqu'elle n'avait pas réellement besoin d'un dictionnaire de rimes, et qu'elle n'écrivait pas de poème sur les pirates. Parfois, ses mensonges étaient si réalistes qu'elle se mettait à y croire.

Elle s'arrêta en bordure d'une haie fleurie. Les fleurs étaient rouges. Elles ressemblaient à des gouttes de sang tombant d'un cœur brisé.

– Oh, arrête ça, espèce de nullasse! se houspilla-t-elle.

Il était grand temps de reprendre le contrôle de ses sentiments. Autant aller chez Flora. Cela la distrairait au moins. Flora serait occupée par ses propres affaires et Jess avait remarqué que, lorsqu'elle était entourée de monde, elle pouvait oublier le problème «Fred» pendant des heures, comme lorsqu'elle avait déjeuné avec Luke et son père.

Dès qu'elle entra, Flora la fit monter à l'étage,

loin de la cuisine où s'agitaient Mrs Barclay et Felicity, qui semblaient se disputer.

– Hmm... murmura Jess. On dirait qu'elle a atteint l'âge ingrat...

– Maman ou Felicity ? demanda Flora en gloussant.

C'était un soulagement de retrouver Flo – elle arrivait toujours à remonter le moral de Jess.

– Viens voir ma nouvelle chambre, l'invita-t-elle. Je peux utiliser la chambre de Freya jusqu'à Pâques. C'est ma chambre qui servira pour le *Bed and Breakfast* parce qu'elle a une salle de bains attenante, mais j'adore celle de Freya à cause du dressing immense et du sofa !

Flora se jeta gaiement sur l'énorme canapé blanc. Elle n'avait pas l'air de quelqu'un en pleine situation de crise.

– Super, commenta Jess.

– Vise un peu le dressing ! l'encouragea Flora avec un grand sourire ravi. (Jess s'y aventura et découvrit une pièce de la taille de sa chambre.) J'ai mis toutes les affaires de Freya dans des cartons ! Regarde toute la place que j'ai !

– Oui, tu pourrais presque louer le dressing à quelqu'un, fit remarquer Jess. Mon père cherchait une piaule, mais il a trouvé un appart, maintenant.

– Ce serait bizarre d'avoir ton père comme locataire dans mon dressing! Mais au moins il est plus facile à vivre que mon père.

– Comment ça va, ton père, maintenant? demanda gentiment Jess. D'ailleurs... comment évolue la situation en général?

L'attitude de Flora changea du tout au tout, et elle prit un air pensif.

– Ça peut aller, je crois. C'est difficile à dire. Je ne sais jamais ce qu'il pense. Est-ce que tous les hommes sont comme ça?

– Pas mon père, répondit Jess avec un haussement d'épaules. Avec lui on a droit à la retransmission en direct de ses pensées.

– Oui, mais bon, ton père est différent, dit Flora avec un sourire désabusé. Alors il a trouvé un appart. C'est bien, ça. Tu vas récupérer ta chambre.

Elle regarda Jess avec compassion puis, changeant encore d'humeur, elle devint plus pensive et abattue.

– Ça doit être vraiment dur pour toi de perdre ta chambre, lui dit Jess. Mais tu gardes ta maison, et tu disposes d'un dressing et d'un sofa en copropriété! Tu sais, ce canapé est plus grand que celui de mon salon.

– Je sais, je sais. Ce n'est pas grave.

Mais Flora était toujours morose, et fixait le

tapis d'une façon qui laissait supposer qu'elle était sous l'emprise d'ondes foncièrement négatives.

– Essaie de ne pas te laisser démoraliser, Flo, conseilla Jess en la serrant contre elle. Je sais que ce n'est pas évident, mais tu vas t'en sortir. Tu as beaucoup de problèmes à gérer en ce moment, mais ta famille est géniale, tu as un petit copain adorable, un chien trop mignon...

– Je ne suis pas inquiète pour moi, avoua Flora en triturant la frange d'un coussin.

– Tes parents vont dépasser cette crise ! Tu m'as toujours dit combien ton père adore ta mère. Il va vous tirer d'affaire. Il n'est pas du genre à laisser tomber.

– Non, non, je ne m'inquiète pas pour mes parents non plus. (Flora tourna vers Jess un visage anxieux. Ses lèvres tremblaient légèrement.) Je m'inquiète pour toi.

– Moi ? Jess fut déstabilisée un instant. Pourquoi moi ?

– Eh bien... (Flora avait l'air mal à l'aise. Elle ramena ses pieds vers elle et se mit en boule sur le sofa, puis se mordit la lèvre en regardant le tapis.) C'est juste que... hier soir, quand tu étais déjà partie, j'ai vu Jodie et Fred se promener dans les jardins de l'hôtel. Main dans la main.

Une flamme invisible traversa le corps de Jess,

passant ses organes au barbecue. Mais elle ne pouvait pas avouer ce qu'elle ressentait à Flora.

– Et alors? fit-elle d'un ton condescendant. Ce n'est pas un crime.

Évidemment que c'était un crime! Et elle préparait déjà sa vengeance, se demandant simplement qui elle supprimerait en premier: Fred ou Jodie?

Les yeux bleu layette de Flora s'écarquillèrent.

– Tu t'en fiches? demanda-t-elle d'un ton hésitant. Tu... le vis bien?

– Et pourquoi je devrais m'en soucier? dit Jess en haussant les épaules, tout en réfrénant le hurlement qui montait dans sa gorge.

À cet instant, miraculeusement sans doute, la mère de Flora entra dans la pièce. Elle avait l'air las et n'affichait pas l'élégance qui lui était coutumière, du temps où lire des magazines allongée sur le sofa était sa priorité principale.

– Flora, dit-elle, j'ai vraiment besoin de ton aide. Désolée, Jess, mais nous avons beaucoup à faire aujourd'hui.

– Pas de problème! lui assura Jess en sautant sur ses pieds.

Poursuivre cette conversation avec Flora aurait de toute façon frisé l'impossible. Elle n'avait pas l'habitude de cacher à son amie ce qu'elle ressentait, ni de lui mentir, même par omission. Et elle sentait littéralement la rage l'étouffer, elle avait besoin de prendre l'air, et de rentrer chez elle en marchant très vite si elle voulait avoir la moindre chance d'exorciser ses démons intérieurs.

24

Lorsque Jess arriva chez elle, heureusement, il n'y avait que sa mamy. Elle sortit de sa chambre et adressa un large sourire à Jess.

– Tout est arrangé alors, ma chérie ?

– Pas du tout, soupira Jess. Fred… Fred repeignait sa chambre avec Jodie. On dirait que j'ai mal compris le message.

– Jodie ? (Sa grand-mère prit un air outré.) Ce n'est pas cette fille potelée qui parle fort ?

– Eh bien, elle a minci récemment, lui apprit Jess, mais elle a gardé du volume aux bons endroits.

– Mais cette voix ! (Mamy secoua la tête.) Il sera vite lassé, ma chérie. Il essaie sans doute de te rendre jalouse.

– Je ne crois pas. (Jess se laissa tomber sur une des chaises de la cuisine.) Il n'a pas eu l'air spécialement content de me voir, et Flora m'a révélé que Jodie et lui se tenaient la main après la fête d'hier.

Elle n'avait pas prévu de lui raconter tout ça, mais c'était sorti d'un coup.

Sa grand-mère se dirigea vers le frigo.

– J'ai fait une soupe poireau-pomme de terre, ma chérie. Tu en veux un bol ? Je vais te faire réchauffer ça.

Jess n'avait pas vraiment envie de manger, mais elle n'avait pas le cœur de refuser. Tandis que sa grand-mère s'activait à réchauffer la soupe et à mettre le couvert, Jess resta assise, la tête entre les mains, contemplant les dessins du bois de la table. Elle devait arrêter de se morfondre, se reprendre en main et passer à autre chose.

– Je crois que se donner la main ne veut pas dire grand-chose, la rassura sa grand-mère après réflexion. Lorsque j'avais ton âge, je tenais tout le temps la main de quelqu'un – de plein de jeunes hommes différents. Et maintenant je suis même incapable de retrouver leur nom.

– Oui mais ça, c'était à la grande époque du romantisme, contesta Jess. Il était presque obligatoire de tenir des mains. Fred donne rarement la main à quelqu'un. Jusqu'à présent, je crois qu'il n'avait jamais tenu une autre main que la mienne.

– Mais cette créature, Jodie, dit sa grand-mère

avec dédain, est-ce qu'elle n'est pas un peu, euh...
insistante ? J'imagine qu'il y a eu beaucoup de
personnes qui ne voulaient pas vraiment lui tenir
la main et qui se sont retrouvées dans cette
position.

– Ce n'est pas faux, concéda Jess. Mais ce n'est
pas spécialement rassurant non plus. Parlons d'autre
chose, mamy. Tu as passé une bonne matinée ?

Elle servit à Jess un bol de soupe en essayant de
se souvenir de ce qu'elle avait fait.

– Deborah m'a appelée pour dire qu'elle avait
la grippe, lui dit-elle. Je me sens obligée d'aller lui
rendre visite, mais j'ai peur d'attraper sa maladie.

– Mais tu n'as pas été vaccinée ? s'enquit Jess en
prenant sa cuillère.

– Ah mais oui, c'est vrai. Alors je pourrais lui
apporter quelque chose de bon. Je vais peut-être faire
du brownie au chocolat – elle adore le chocolat –
et j'imagine que tu n'auras rien contre une petite
douceur au goûter pour te remonter le moral, hein ?

– Mamy, tu es impossible ! Je t'ai dit qu'il fallait
que je perde du poids ! J'ai fait un test sur Internet
qui dit que mon IMC est de 25,8, ce qui est beaucoup trop élevé.

– J'ai toujours cru que c'était une voiture, l'IMC,
dit pensivement sa mamy. De toute façon, ne tiens
pas compte de ces questionnaires idiots. Tu es

parfaite comme tu es. Je te préviendrai quand je trouverai que tu deviens obèse.

– Et alors ce sera déjà trop tard ! s'esclaffa Jess. Entre parenthèses, cette soupe est délicieuse. Et ce n'est pas mauvais pour moi, hein ?

– Non, ma chérie. De bons légumes, voilà tout ce qu'il y a là-dedans, et du bouillon maison.

– Vingt sur vingt, mamy ! la félicita Jess. Tu es mon idole !

– Ah et il s'est passé autre chose ce matin ! Le garçon d'à côté est passé. Leo, non, Luke, c'est ça ? Je lui ai dit que tu étais sortie. Je n'ai pas dit où tu étais allée. (Elle lui fit un clin d'œil complice.) J'ai pensé qu'il valait mieux ne pas mettre tous tes œufs dans le même panier.

– Mamy ! Je ne vois pas où tu veux en venir ! s'exclama Jess en terminant sa soupe.

Mais elle écoutait à peine. Son satané cerveau était reparti explorer ce moment où Flora avait surpris Fred et Jodie main dans la main. Elle essaya d'imaginer la scène. Elle eut un haut-le-cœur.

– Merci, c'était délicieux, remercia Jess en se levant de table pour aller laver son bol. Je crois qu'il vaut mieux que je monte faire mes devoirs.

– Ton père a emporté ses affaires rue Fisher ! lui cria sa grand-mère. Si ce n'est pas formidable que ta mère connaisse le propriétaire et que ton père ait pu emménager tout de suite! Tu vas retrouver ta chambre maintenant!

Jess entra dans sa chambre. Presque toutes les affaires de son père avaient disparu et la pièce semblait étrangement rangée. Elle enleva sa polaire et la jeta par terre pour créer une atmosphère plus chaleureuse et habitée. Puis elle s'installa à son bureau et sortit ses livres de cours.

Histoire. Oui, son histoire avec Fred appartenait déjà au passé. Elle se rappelait comment ils s'étaient mis ensemble. Il y avait toujours eu cette étincelle entre eux, ils s'envoyaient des vannes depuis des années. Ce n'était que lorsque Flora avait avoué à son amie – des lustres plus tôt – son intérêt pour Fred que Jess avait enfin compris, avec la soudaineté et le fracas d'un immeuble qui s'écroule, que Fred était à *elle*, même si à l'époque elle croyait flasher sur Ben Jones. Et ils s'étaient rapprochés lorsque Fred l'avait laissée lui couper les cheveux, bizarrement. Elle se remémora ce jour-là avec beaucoup de tendresse. Elle avait gardé une mèche de cheveux dans une enveloppe, dans le dernier tiroir de son bureau. Mais elle n'irait pas la chercher maintenant.

Elle se tourna paresseusement vers ses manuels scolaires. Géographie. Fred et elle avaient leur propre géographie, aussi. L'été, le parc avait été leur domaine. Il y avait un arbre en particulier – un cerisier à fleurs peut-être – sous lequel ils avaient passé des heures à écrire des sketches et à se regarder les yeux dans les yeux. Une fois, il lui avait fait une guirlande de pâquerettes, et elle avait dit en riant que c'était le seul bijou qu'il lui offrirait jamais.

Elle se leva d'un bond. Elle devait arrêter de ruminer le passé. Il fallait qu'elle échappe à cette nostalgie morbide. Se montrer collante et zarbi était une garantie anti-séduction. Elle devait reprendre le contrôle de sa vie. Peut-être serait-il bon de faire croire qu'elle était de nouveau avec quelqu'un. Elle pouvait s'inventer une idylle fictionnelle ! Et il s'appellerait... Richie. Un navigateur. La plupart du temps il serait en train de naviguer autour du monde, mais il l'appellerait sur Skype, tous les jours sans faute – est-ce qu'on peut utiliser Skype depuis un voilier ? Parfois il lui enverrait des cartes postales de Papouasie-Nouvelle-Guinée – elle pouvait facilement faire des faux.

Au bout d'un moment, Fred en aurait vraiment assez d'entendre parler des aventures de Richie, et il reviendrait vers elle, tout penaud. Jess se jeta sur son lit et se laissa emporter par sa rêverie. Elle serait en train de se promener dans le parc, relisant ostensiblement la dernière carte postale de Richie, avec autour du cou le foulard en soie qu'il lui aurait envoyé du Brésil, lorsque soudain Fred surgirait de derrière un arbre et dirait : « Déesse Jess, je te dois des excuses. Je me suis très mal comporté, je suis désolé. Je t'adore de toutes les cellules de mon corps. Pardonne-moi, je t'en prie ! » Il se jetterait à genoux devant elle.

Jess était profondément absorbée par sa rêverie lorsqu'elle entendit, faible et lointaine, la sonnerie du téléphone. Qui s'arrêta lorsque sa grand-mère décrocha. Quelques instants plus tard, elle l'appela du pied de l'escalier.

– Jess ! Téléphone pour toi !

Jess se releva d'un bond.

– Je décroche dans le bureau de maman ! répondit-elle.

Elle ne voulait pas que sa mamy écoute la conversation. Jess avait le pressentiment que cet appel pouvait être très important. Elle fila dans le bureau de sa mère et attrapa le combiné.

– C'est Jess.

Elle entendit sa grand-mère reposer l'autre téléphone dans la cuisine. Soudain le silence fut bien plus intime.

– Salut Jess, lui dit une voix rauque de garçon. J'ai... J'appelle pour m'excuser. Vraiment. Ce que j'ai fait n'était pas malin, et ça a dû bien t'agacer. On peut se parler ? On peut se retrouver dans le parc, mettons, dans dix minutes ? Près du kiosque à musique ?

Jess était muette. C'était une voix de garçon, mais ce n'était pas celle de Fred. Qui était-ce donc? Décontenancée par le fait que ce coup de téléphone prolonge la conversation avec Fred qu'elle avait imaginée un instant plus tôt, Jess avait du mal à rassembler ses esprits.

– Désolée, bredouilla-t-elle. Euh, c'est qui?

– Oh, désolé! C'est Luke.

25

Jess renfila sa polaire et quelques minutes plus tard, elle était aux portes du parc. Les cris d'enfants et le son d'une musique lointaine lui rappelèrent les merveilleux moments savourés là en compagnie de Fred. L'été précédent, ils avaient passé tous leurs moments de liberté sous ce cerisier. Maintenant les arbres étaient nus et givrés. «Comme mon cœur», pensa tristement Jess. «Sans oublier mes orteils congelés.»

Elle ne put s'empêcher de sourire avec mélancolie au souvenir des nombreuses manières dont Fred la saluait – toujours différentes et comiques. Une fois, elle était allée vers lui et il avait feint la terreur, sifflant: «Non, je n'ai pas d'argent! Allez-vous-en ou j'appelle la police!»

Une autre fois, il avait fait semblant de ne pas la reconnaître. «Pardon, avait-il murmuré. Nous nous sommes déjà rencontrés ? Au cirque ? Je ne me souviens pas de votre nom, mais votre tête m'est familière. » Un autre jour...

Mais voilà que Jess atteignait le kiosque à musique, où Luke était assis, enfin, presque allongé sur la balustrade, et adossé à un pilier sculpté. Il était élégant et décontracté, comme un mannequin mettant en valeur une belle veste. D'ailleurs, sa veste était plutôt stylée – on aurait dit un véritable teddy américain *vintage*.

Fred n'aurait jamais eu l'idée de s'étendre avec tant d'élégance sur la balustrade. Il se serait tenu gauchement, les mains dans les poches de son anorak miteux, des épis ridicules sur le crâne.

Lorsque Jess s'approcha de Luke, un soleil hivernal perça et les cheveux frisés de Luke se transformèrent en halo doré. « Mon Dieu ! pensa Jess. J'espère qu'il n'a pas de dons surnaturels, mais s'il sait faire des miracles, je lui demanderais bien une augmentation mammaire non invasive et instantanée, en échange de mon âme immortelle. »

– Salut, dit-elle.

Luke sauta sans effort de la balustrade et atterrit sur ses pieds avec une grâce athlétique. Si Fred avait essayé de faire ça, il se serait fracturé la jambe en trois endroits.

– Merci d'être venue. Comment ça va ? Quelle journée magnifique, hein ?

Sa politesse recherchée surprit un peu Jess. On aurait dit un adulte. Jusque-là, sa journée avait été du crottin de cheval pur jus. Excepté la soupe de sa mamy bien sûr. Mais elle n'allait pas commencer à raconter tout ça à Luke. Fred, Jodie et tout ce qui touchait à cette histoire relevaient du domaine strictement privé.

Ils commencèrent à se promener dans le parc. Chaque recoin rappelait à Jess un moment où Fred et elle s'étaient amusés, il n'y avait pas si longtemps.

– Je voulais juste… Tu sais, m'excuser en quelque sorte, marmonna Luke.

Jess avait du mal à se concentrer. Elle se souvenait d'une fois où des touristes américains leur avaient demandé à quelle heure le parc fermait, et Fred avait fait semblant d'être russe.

– Tu sais… pour ce que j'ai fait hier soir… poursuivit Luke.

Ils passaient à côté d'une fontaine où Fred s'était lavé les cheveux – enfin, il avait mis la tête sous le jet d'eau. C'était lors d'une journée extrêmement chaude de l'été précédent. En émergeant tout dégoulinant, Fred avait déclaré : « J'ai toujours admiré la façon dont les chiens s'ébrouent quand ils sont mouillés. Je crois que je vais essayer. » Et il avait violemment secoué la tête jusqu'à tituber. Ensuite il avait fait semblant d'avoir la tête bloquée d'un côté, il était venu vers elle, le visage tout tordu, et lui avait dit d'une voix pâteuse et indistincte, comme s'il était un personnage de film d'horreur : «Je crois que mon cerveau s'est décroché. Vite, appelle un médecin!»

– Donc...

Luke était encore en train de déblatérer à propos d'on ne sait quoi. Il avait l'air de se sentir coupable à propos de sa conduite à la fête. D'accord, il avait mordu le cou de Jodie avant même qu'ils aient été présentés, mais c'était normal pour un vampire. Et il n'en finissait pas de s'excuser. Elle devait vraiment le rassurer, il commençait à devenir lourd.

– Arrête de t'excuser, Luke! Tu n'as aucune raison de le faire, lui assura-t-elle en chassant un instant Fred de ses pensées.

– Tu ne m'en veux pas, alors?

– Tout va bien!

– C'est vrai? (Pour une fois, Luke semblait vraiment manquer de confiance en lui, ça ne lui ressemblait pas du tout.) Ça ne t'a pas semblé trop mélo ou...?

– Luke, on était des vampires. Le mélo, c'est leur style.

– Tu ne m'en veux vraiment pas?

Jess éclata de rire.

– Et pourquoi je t'en voudrais?

Luke eut soudain l'air ravi et l'attrapa par la main.

– Oh c'est incroyable, vraiment incroyable!

– Du calme, lui dit Jess en serrant la main de Luke dans la sienne pour le rassurer, avant de la relâcher. Tu n'as aucun souci à te faire.

– C'était un poème pourri quand même, fit remarquer Luke en secouant la tête, gêné.

«Quoi??!!» Une explosion monumentale eut lieu dans la tête de Jess. «Le poème? Luke a écrit le poème! C'était Luke, pas Fred! Désastre absolu! Il m'a envoyé un poème d'amour, et moi, je lui ai affirmé que tout allait bien!»

Elle devait dire quelque chose. Dans la réalité, ils marchaient encore sur le sentier d'un parc ensoleillé, quelque part dans le sud de l'Angleterre. Mais dans le monde virtuel – qui est parfois bien plus réaliste –, Jess était emportée par une tornade de terreur, de confusion, d'étincelles éblouissantes et de fumée suffocante. Il est assez difficile de se livrer à une conversation normale dans ces conditions, sans parler d'annoncer à quelqu'un que sa déclaration d'amour, bien qu'élégante, n'était ni appropriée ni bien venue.

– À la lumière froide du jour, dit faiblement Jess, tout semble différent, n'est-ce pas?

– Toi je ne te trouve pas différente ! lui assura Luke. Eh, le café est ouvert ! Laisse-moi t'offrir un verre.

Jess accepta, même si c'était l'endroit où Fred et elle avaient fait semblant de se disputer, pour s'amuser, à voix basse (pour un effet encore plus réaliste), mais parfaitement audible (pour divertir les autres clients). Le sujet de leur dispute était l'infidélité fictive de Fred avec une danseuse orientale du nom de Carmen O'Flirty. « Je suis désolé, soufflait Fred. Mais j'ai été hypnotisé par son nombril en mouvement ! Je n'avais jamais vu quelque chose tourner aussi vite depuis la dernière fois que je suis allé au Lavomatic ! »

– On s'assoit dans le coin ? proposa Luke. Je ne veux pas que tu sois dans le courant d'air.

Jess avait toujours du mal à s'extraire du bourbier de ses souvenirs avec Fred, mais elle ne put s'empêcher d'être légèrement amusée par la galanterie de Luke. C'était tellement bizarre que quelqu'un qui n'était pas un parent s'occupe d'elle avec autant de prévenance.

– Qu'est-ce que tu veux ? demanda-t-il alors qu'ils s'installaient. Un café ? Un sandwich ? Un sandwich tortilla ?

– Vu le temps qu'il fait, je vais prendre une tortilla avec fourrure, s'il te plaît, lança Jess, spirituelle, en faisant un gros effort pour se mettre dans le ton. Imitation de fourrure, bien évidemment.

– Ha ha ha! s'esclaffa Luke, presque trop fort, avant de la regarder avec des yeux qui semblaient scintillants. Tu es vraiment incroyable. Je n'arrête pas de parler de toi à Boris. Il a trop hâte de te rencontrer.

C'était qui Boris, déjà? Ah oui, l'ami qui venait le week-end suivant, pour faire un film dans lequel elle tiendrait un rôle principal, apparemment. Jess commençait à appréhender un peu cette perspective.

– Attends qu'il te voie! fit Luke avec un sourire. Cette couleur te va à ravir, soit dit en passant.

Il tendit la main pour lui toucher les cheveux, écartant légèrement une mèche de son visage. Jess était stupéfaite. Luke prenait sans arrêt l'initiative, et agissait de manière assez osée et inattendue. Cela lui mettait les nerfs en pelote, mais la situation avait aussi quelque chose de subtilement excitant. Quelle serait sa nouvelle audace?

– Tu as vraiment une allure d'Italienne, dit-il en contemplant – il n'y avait pas de verbe plus approprié – le visage de Jess qui était très gênée.

– Mais non, protesta Jess en essayant de chasser le compliment d'un rire.

– Mais si, c'est vrai, insista Luke. Tu pourrais être la fille de Monica Bellucci.

À cet instant la serveuse vint prendre leur commande. Jess plongea le nez dans le menu, et se remémora la fois où Fred et elle s'étaient installés dans ce café, en terrasse parce que c'était l'été, et où elle lui avait dit que c'était leur anniversaire. Ils commémoraient sans arrêt leurs anniversaires, et leur «sept-semaines-et-demie» avait été particulièrement marquant. Bref, ils sirotaient leur limonade lorsqu'elle avait dit: «Allez, fais-moi un compliment pour une fois!» Et Fred l'avait regardée longuement et attentivement, avant de déclarer: «Tu n'as pas de crottes de nez visibles, ce qui est une amélioration par rapport à hier.»

– Alors, fit Luke en jetant un coup d'œil par-dessus le menu de Jess. Avec quoi pourrais-je te tenter?

26

– C'était vraiment une super fête hier, dit Luke alors qu'ils attaquaient des muffins aux pépites de chocolat. Tes amis sont tellement cool. À un moment j'ai discuté avec Flora.

– Ah, Flo ! Elle est canon, tu ne trouves pas ? lança Jess, essayant de détourner l'attention vers quelqu'un d'autre.

Elle voulait lui glisser l'idée qu'il trouverait peut-être des filles plus attirantes qu'elle parmi ses amies.

– Oui, j'imagine, dans un style Hollywood. Mais les blondes, ce n'est pas mon genre, en fait. (Il plongea son regard dans les yeux de Jess.) J'aime plutôt les couleurs de l'ombre.

– Dommage pour tes cheveux alors, fit remarquer Jess, qui s'efforçait de garder un ton léger.

Elle aimait bien Luke, mais il se montrait un peu trop entreprenant.

– Oui, je regrette de ne pas avoir de longues mèches de cheveux noirs encadrant un visage livide, soupira Luke. Cependant, c'est fou ce à quoi on peut arriver avec les perruques et le maquillage.

– Est-ce que tu joueras dans le film, la semaine prochaine ? demanda Jess. Ou bien c'est toi, le réalisateur ?

– Non, c'est Boris le réalisateur, expliqua Luke. Parce qu'en gros, même si sa vie en dépendait, il serait incapable de jouer un rôle, et puis il est mille fois plus intelligent que moi. Je ne sais pas jouer non plus, mais je peux prendre la pose et avoir l'air tourmenté, et on n'a pas besoin de plus.

Sa modestie était assez plaisante.

– Rappelle-moi l'histoire ? demanda Jess, que le sujet commençait à intéresser.

Après tout, c'étaient ses débuts dans le cinéma.

– C'est l'histoire d'un type – moi en l'occurrence – qui est hanté par le fantôme d'une fille – et c'est toi, bien sûr. Les spectateurs comprendront qu'elle est morte, et au bout d'un moment, ils vont se demander si c'est lui qui l'a tuée.

– Et c'est le cas ?

Luke fronça les sourcils.

– Je ne sais pas trop. Ça peut partir dans une direction ou dans l'autre. Qu'est-ce que tu en penses ?

– Oh, moi je suis toujours en faveur du meurtre, répondit vivement Jess. Mais il faudrait que ce soit un homicide stylé. Rien de dégoûtant comme une strangulation par exemple.

– Ha ha! Un homicide stylé! J'adore! (Le rire de Luke était plutôt agréable.) Tu es trop drôle! Alors dis-moi, ça ressemble à quoi un homicide stylé? Ce n'est pas souvent que la victime choisit son mode d'exécution.

– Décès par abus de devoirs du soir, répondit Jess en pensant soudain à la montagne d'exercices qui l'attendait chez elle. Ou de repassage.

– Ha ha ha! s'esclaffa Luke. Allez, sérieux, comment voudrais-tu mourir?

À la table voisine, une famille s'était mise à écouter leur conversation. La mère, une femme mince à lunettes, semblait préoccupée et légèrement dégoûtée.

– Ça dépend. Est-ce qu'il y aura des flash-back? demanda Jess.

– Des flash-back? Euh, c'est possible. Qu'est-ce que tu penses des flash-back?

– Je n'ai pas de problème avec les flash-back, mais... Euh, est-ce que tu as déjà écrit le script, Luke?

– Non, répondit-il avec un grand sourire. Je pensais qu'on pouvait improviser pas mal, tu sais, mais peut-être que tu pourrais m'aider à l'écrire cette semaine, après les cours.

Jess hésita. Cela faisait longtemps que Fred et elle n'avaient rien écrit à quatre mains. Ces dernières semaines, l'organisation de Chaos, le bal du siècle, l'avait monopolisée. L'idée d'écrire un petit script la tentait grandement. Et ainsi Luke et elle auraient un projet commun, ce qui signifiait qu'il devrait penser aux scènes, aux dialogues et à mille autres détails. Il n'aurait plus le temps de lui écrire des poèmes, de la regarder dans le blanc des yeux et de lui répéter qu'elle était incroyable et drôle.

– Juste une heure chaque jour, après les cours ? insista Luke. Je ne peux pas te convaincre ? Flora m'a dit que tu écrivais merveilleusement bien.

– Ce n'est pas vrai du tout. (Jess secoua la tête en riant.) Je sais à peine griffonner mon nom. Bon, OK, mais il faudra que ce soit après avoir fini mes devoirs, aussi.

– Après le décès par abus de devoirs, oui, bien sûr, accepta Luke. Moi aussi, j'en ai des tonnes. Les examens approchent.

– Ne prononce pas ce mot ! cria Jess en frissonnant. Je vais me rétamer.

– Mais ça n'aura plus aucune importance ! la rassura Luke. D'ici l'été tu seras une jeune actrice prometteuse du cinéma indépendant !

Jess ne savait pas trop ce qu'était le cinéma indépendant, mais c'était plutôt tentant.

– Alors comment vous comptez assurer la diffusion de ce film ? demanda Jess, taquine. Une première à Londres peut-être ? Je pourrais porter mes talons aiguilles sur le tapis rouge...

Luke sourit et adopta une moue songeuse. Jess remarqua de nouveau qu'il avait de belles lèvres, pleines et bien dessinées, un peu comme une peinture d'ange souriant.

– Je ne suis pas certain en ce qui concerne le tapis rouge, admit-il. Mais on pourra peut-être dénicher un tapis en fibres de coco quelque part. En général Boris poste nos trucs sur YouTube, et on obtient des milliers de vues. On a même créé une société.

Jess était impressionnée.

– Comment elle s'appelle ?

– « Traces possibles de fruits à coque »

– Énorme ! approuva Jess.

– Ouais, peut-être... mais on a reçu un e-mail d'une dame dont la fille est allergique aux fruits à coque. Et pour elle, ce n'est pas un sujet de plaisanterie : elle a failli mourir, une fois. On va peut-être devoir changer de nom.

– N'en changez pas trop souvent, le prévint Jess. J'ai déjà rencontré ce problème. Flora était dans un groupe de musique avant, et il nous a fallu des siècles pour nous mettre d'accord sur le nom.

– Qui était ?

– « Cracheurs de Venin »

– Génial ! J'adore. Eh ! Ça me rappelle que j'ai promis à mon père de faire le dîner ce soir. Il a un diagramme géant à faire pour le lycée – un planning d'examen, quelque chose dans ce goût-là.

– Et qu'y a-t-il au menu ? demanda Jess en finissant bruyamment son café.

– Euh, de la courge *butternut* farcie au fromage et aux herbes, avec de la sauce tomate.

– Waou, tu es vraiment bon cuisinier, Luke !

– Non, non, je suis nul, je pompe juste sur les recettes de Jamie Oliver ! Elles sont inratables et puis elles sont, genre, viriles, tu vois ? Même les gars qui conduisent une voiture de sport et donnent des coups de poing dans les murs peuvent les faire sans perdre la face.

– J'adore manger, avoua Jess, mais j'ai horreur de faire la cuisine. Il faudrait que j'essaie de m'y mettre un jour.

– Je t'apprendrai, proposa Luke avec empressement.

Jess hésita. Elle avait déjà assez de projets avec lui comme ça, mais c'était difficile de le lui dire avec tact.

– Pas tout de suite, merci, refusa-t-elle gauchement. J'ai déjà un planning chargé, avec notre film
et tout. Et puis en ce moment mon père est souvent
là et il cuisine super bien. En fait, il me donne des
cours de cuisine. (Elle improvisait totalement dans
le feu de l'action.) Alors ça pourrait le rendre jaloux
si toi aussi tu m'en donnais.

– Oh, d'accord, pas de souci, répondit Luke sans
se départir de son sourire. Je ne voudrais surtout pas
rendre ton père jaloux. Ce serait une première. J'ai
déjà énervé le père d'une fille, une fois, mais c'est
une autre histoire.

Alors qu'ils enfilaient leur manteau, Jess se
demanda comment Luke s'y était pris pour mettre
en colère le père d'une fille – et qui était cette fille.
Elle ressentit une curieuse pointe d'agacement en
apprenant que Luke avait déjà eu affaire à des filles.
Même si elle avait passé la dernière demi-heure à le
repousser.

– C'était qui la fille ? demanda-t-elle alors qu'ils
affrontaient de nouveau l'air froid.

– Oh, c'était juste… C'est une longue histoire. Je
te raconterai, un jour.

Luke avait l'air pensif, et, pour la première fois
de la journée, légèrement hésitant.

L'espace d'un bref instant, il eut la tête ailleurs, puis il revint brusquement à Jess et fit un

mouvement du bras, comme s'il allait lui prendre la main. Jess s'empressa d'enfoncer les mains dans ses poches et partit en avant sur le sentier. Suivie par Luke.

– Flora m'a dit que tu as écrit beaucoup de sketches avec Fred, dit Luke alors qu'ils marchaient vers la porte du parc. Tu crois qu'il voudrait participer au film ?

27

– Non ! s'empressa de le dissuader Jess. Fred est super mais son truc, c'est la comédie, et puis il n'est pas fiable du tout.

– OK.

Jess se demandait si Flora avait aussi parlé de l'histoire entre Fred et elle lorsqu'elle avait bavardé avec Luke. Mais il semblait n'avoir aucune arrière-pensée lorsqu'il avait mentionné Fred. Et quelques instants plus tard, il riait en regardant des canards sur l'étang.

– Eh ! On pourrait peut-être utiliser cet étang comme décor ! proposa-t-il. Par un jour brumeux... non, un soir brumeux... tu sors de l'eau, dégoulinante.

– Oh là, il n'a jamais été question d'eaux glacées ! protesta Jess. Ce n'est pas dans mon contrat, ça n'arrivera pas.

– Bien vu, lui accorda Luke.

Il continua à parler des lieux de tournage tout le long du chemin. Le film semblait être très important pour lui.

Lorsqu'ils arrivèrent chez eux, Jess remonta directement son allée afin d'éviter des adieux prolongés. Elle promit à Luke de le revoir le lendemain après l'école, si sa charge de devoirs le lui permettait. Elle était intriguée par l'idée du script, mais elle n'était pas tout à fait à l'aise en compagnie de Luke. Elle regrettait amèrement de n'avoir pas compris tout de suite que c'était lui, l'auteur du poème! Elle avait la tête ailleurs lorsqu'elle lui avait affirmé qu'il n'y avait aucun problème avec tout ce qu'il avait fait. Du coup, elle avait dû donner l'impression qu'il lui plaisait.

Dès qu'elle fut de retour dans sa chambre, elle sortit le poème et l'examina. Est-ce que c'était une déclaration d'amour, ou juste une blague? «Tu hantes mes nuits.» Il voulait peut-être simplement parler de cauchemars avec des vampires. Mais inviter une vampire à venir le mordre à son chevet, en lui disant qu'elle était belle… était plutôt révélateur. Et le vers «Me passer de Jess pour toujours est hors de question»… Quand Jess l'avait lu la première fois, elle en avait joyeusement conclu que c'était Fred qui la suppliait de lui revenir. Cela lui avait semblé si évident. Elle poussa un profond soupir.

Maintenant qu'elle savait qui avait écrit ce poème, sa signification était complètement différente.

Tant qu'elle croyait que c'était Fred, elle avait trouvé que le poème était spirituel et amusant, avec juste la bonne dose de romantisme. À présent qu'elle savait que c'était Luke, le contenu lui semblait maladroit et suppliant. Comme si Luke ne doutait de rien. Elle froissa la feuille et jeta la boule de papier dans sa corbeille.

Puis elle commença à regretter son geste, elle était désolée pour Luke. Après tout, c'était un poème. Les poèmes ont quelque chose d'un peu sacré. Ce n'était pas la faute de Luke. C'était un chouette garçon, vraiment : poli, attentif, sûr de lui, drôle – même s'il n'avait pas le même genre d'humour que Fred. Il était gentil, avait un physique séduisant... C'était un peu cruel de jeter son poème. Elle alla le ramasser et le défroissa. Mais elle n'était pas obligée de le regarder. Elle ouvrit un tiroir de son bureau et le fourra hors de sa vue.

Son téléphone émit un petit bruit. Un SMS ! Elle se jeta sur son portable. C'étaient peut-être enfin les excuses tant attendues de Fred Parsons ! Mais non, c'était Luke. Encore.

Trop bizarre de penser que tu es juste de l'autre côté du mur ! On le démolit pour faire une coloc' ?

De nouveau, Jess soupira. Si seulement Fred la bombardait de messages pour lui dire qu'elle était géniale et avait l'air italien. Si seulement Fred lui envoyait des poèmes énamourés. Mais visiblement, ce n'était pas demain la veille que Fred ferait ce genre de choses. Il fallait vraiment qu'elle l'éradique de ses pensées. D'un geste las, elle jeta son téléphone sur son lit. Il était temps de faire ses devoirs d'histoire.

Le lendemain, sur le chemin du lycée, Jess se promit de traiter Fred avec un parfait détachement, comme s'il était un ami comme un autre. Elle ne se laisserait pas obnubiler par la question de savoir si Jodie touchait Fred ou pas. Elle ne penserait plus aux moments merveilleux qu'ils avaient passés ensemble. Elle ne concocterait pas des plans délicieusement machiavéliques pour assassiner Jodie.

Elle se punissait, alors que Fred ne montrait aucun signe laissant penser qu'il regrettait d'avoir été largué, ou d'avoir eu un comportement qui avait mené à leur rupture. Si elle n'arrivait pas à prendre un nouveau départ, la seule victime de l'affaire, ce serait elle.

Jess allait devenir son propre coach de développement personnel! Elle s'entraînerait à ne pas penser à Fred, ou alors elle penserait à Fred se comportant comme un beauf ou faisant des choses écœurantes. Elle passa les cinq minutes suivantes à imaginer Fred faisant des choses dégoûtantes aux toilettes. Puis elle comprit que c'était encore penser à Fred, même si elle l'associait à du négatif. Et l'imaginer sur le trône ne le rendait pas aussi repoussant qu'elle l'avait espéré. Après tout, il était humain – tout le monde va au petit coin.

Jess passa du bon temps à faire défiler dans son esprit toute une ribambelle de personnalités allant au petit coin. Jusque-là, c'était le meilleur moment de sa journée.

Quand elle arriva au lycée, il commençait à pleuvoir, et elle retrouva Flora sous le préau.

– Coucou, ma belle ! lui cria une Flora surexcitée en l'attrapant par le bras. Devine ce qui se passe ! Jack a été sélectionné pour représenter le comté au squash !

Jess exprima sa surprise et sa joie, tout en constatant qu'elle était tellement engluée dans ses problèmes que c'était presque un choc de se voir rappeler que les autres continuaient d'exister et qu'il pouvait leur arriver de bonnes choses.

– Super ! (Elle prit Flora par le bras et elles se dirigèrent vers le foyer.) On devra aller à tous ses matchs habillées en pom-pom girls !

Flora pouffa de rire. Être en compagnie de Flo

suffisait à remonter le moral de Jess. Sa vie la distrayait de ses problèmes.

Le foyer était plus bruyant que d'habitude car Mackenzie se disputait avec Pete Collins à propos de Dieu. À moins qu'il ne s'agissait d'une dispute avec Dieu à propos de Pete Collins. Jess ne savait pas trop. Aussitôt elle vit que Jodie et Fred étaient plongés dans une conversation au fond de la salle. Jodie riait avec animation, et Fred l'écoutait, l'air amusé. Il ne laissait pas traîner son regard du côté de la porte pour voir qui entrait. Non, non ! Il semblait ne pas avoir du tout remarqué l'entrée de Jess. Personne d'autre ne l'avait notée non plus.

– Asseyons-nous devant, suggéra Flora avec tact.

Elle aussi avait vu Fred et Jodie, et elle savait que la scène risquait d'indisposer Jess. C'était vraiment une bonne amie.

– D'accord, accepta Jess en s'installant avec une nonchalance un peu trop appuyée.

Elle essayait d'avoir l'air flegmatique au possible.

– Alors, dit Flora en se penchant, adoptant une posture propice aux commérages. Dis-moi tout sur…

À cet instant, Jess reçut un coup brutal entre les omoplates. C'était Jodie, bien sûr.

– Eh, Jess ! Flora ! C'est la fête chez moi samedi prochain, entendu ? On va faire un feu de joie, des haricots à la sauce tomate… un barbecue d'hiver, quoi !

– C'est pour quelle bonne cause ? demanda Jess. On dirait que c'est organisé à la dernière minute. Ce n'est pas ton anniversaire, si ?

– Non, non ! C'est juste une super idée spontanée de rassemblement, parce que samedi dernier on s'est tellement amusés au truc de Pete ! Je suis une créature follement impulsive, et il faut que je m'amuse !

– Désolée, s'empressa de dire Flora, mais je sors avec Jack samedi soir.

– Viens avec lui à la fête ! la supplia Jodie.

– Non, on va au ciné, répondit Flora d'un ton ferme. Il a déjà acheté des places.

– Bon, d'accord, dit Jodie. Et toi, Jess ? Il faut que tu viennes ! Et emmène ton Luke, ce sublime bourreau des cœurs ! Il peut me mordre le cou quand il veut !

– Non, je ne peux pas venir, désolée, Jodie, répondit Jess. Je vais être en tournage tout le week-end.

– En tournage ? Oooooh ! s'exclama Jodie, sachant qu'il y avait des oreilles qui traînaient. Vous avez entendu ça ? Jess ne peut pas venir à ma fête parce qu'elle sera en tournage tout le week-end !

– En tournage ? répéta Jamie Greenstone, un garçon aux mèches rousses tombantes qui adorait le cinéma. Comment ça se fait ?

– Avec qui ? demanda Jodie.

– Luke, répondit sobrement Jess. (Elle se sentait un peu gênée d'en parler ainsi. La foutue fête de Jodie tombait bien mal.) Son ami Boris et lui ont déjà tourné plein de films.

– Et moi, je peux être dedans ? réclama Jodie. J'annule la fête ! Je veux faire un film !

– Non, je regrette, mais ce n'est pas possible, refusa Jess, les dents serrées.

Même si elle avait une attitude ambivalente au sujet du film, c'était l'occasion d'opposer à Jodie un refus catégorique. Ce qui procurait une sensation agréable, même si on était bien loin du meurtre auquel elle aspirait.

– Pourquoi ? Vous devez avoir besoin de figurants ! insista Jodie.

– Non.

Maintenant, presque toute la classe écoutait leur échange. Si seulement Mr Fothergill voulait bien arriver !

– Qui joue dedans, alors ? demanda Jodie.

– Seulement Luke et moi.

Jess essaya de donner l'information d'un ton neutre, mais cela semblait malgré tout un peu romantique, et des cris ridicules s'élevèrent aux quatre coins de la pièce.

– Alors c'est un film, genre, à l'eau de rose ? demanda cet imbécile de Mackenzie.

Jess sentit qu'elle devenait rouge comme une tomate.

– Non, s'empressa-t-elle de démentir. C'est plutôt une sorte de thriller. Je joue le rôle d'un fantôme.

– Je pourrais tomber amoureux d'un fantôme bien roulé sans problème, affirma Mackenzie.

– Eh! l'interrompit Pete. Comment ça se fait que tu croies aux fantômes, mais pas en Dieu?

À cet instant, Mr Fothergill arriva. Ce n'était pas tout à fait Dieu en personne, mais dans le coin, c'était le modèle qui s'en approchait le plus. Le brouhaha s'apaisa et un soupçon d'ordre se fit – partout sauf sous le crâne de Jess, cela dit.

Elle savait que rien n'était résolu. L'interrogatoire se poursuivrait à la pause de midi. Et maintenant Fred était au courant qu'elle tournait un film tout le week-end, avec Luke. Elle espérait qu'il était dégoûté et elle attendait avec impatience de voir apparaître chez lui les symptômes de son tourment.

28

– Alors! lança Jodie au moment du déjeuner.
Fred et moi, on vous met au défi, Flo et toi, de nous
battre au Scrabble.

Comme il pleuvait toujours, accepter la proposi-
tion semblait bel et bien inévitable.

– Pourquoi pas? dit Jess en haussant les épaules.
Si vous pouvez supporter de vous faire laminer.

– Cours toujours! crâna Jodie. Tu sais bien que
Fred est un génie!

Ils s'assirent tous les quatre. Jess était face à
Flora, puisqu'elles jouaient en équipe. C'était tant
mieux. Même si elle s'était promis de traiter Fred
comme n'importe quel ami, il lui aurait été difficile
de l'avoir juste sous le nez. Il était assis à sa droite,
donc elle n'était pas obligée de le regarder si elle ne
le souhaitait pas. Ils piochèrent leurs lettres et les

posèrent. Jess avait «A», «A», «A», «I», «O», «U» et «H».

– C'est une vraie misère, se lamenta-t-elle.

– Moi, c'est une ville de Pologne, rebondit Fred.

– Et moi, une maladie, dit Flora.

– Moi, j'ai un super tirage! s'extasia Jodie. J'ai le «Q», il vaut huit points. Dans ta face!

– Ouais, mais est-ce que tu as un «U»? persifla Jess.

– Ça va venir, ça va venir, rétorqua Jodie avec un sourire assuré.

La partie commença. Jodie posa «HOMME», Flora, «RAIE», auquel Fred ajouta un «T» pour faire «TRAIE», avant de poser son propre mot: «ZLOTY».

– C'est quoi, un «zloty»? demanda Jess, outrée.

– C'est la monnaie polonaise, répondit-il. Enfin, ça l'était avant qu'ils passent à l'euro.

– Mais comment tu sais des trucs pareils? s'étonna Flora.

– J'ai lu un vieux polar qui se passait pendant la guerre froide.

– Toi et tes sacro-saints polars! pesta Jess.

Autrefois elle s'émerveillait de l'étendue des connaissances de Fred. Maintenant, cela semblait se retourner contre elle.

– Bien joué, coéquipier! le félicita Jodie en lui tapant dans la main.

Encore une fois, ils se touchaient.

C'était horripilant ! Jess s'était promis de ne pas faire attention aux éventuels contacts entre eux. Après tout, ce n'était qu'une tape dans la main…

– Donc, nous menons, avec trente-huit, annonça Jodie qui tenait le décompte du score. Bien joué, Freddio.

«Freddio ?» Fallait-il vraiment que Jess supporte d'entendre des choses pareilles ? Jodie qui donnait des petits noms à Fred, sous son nez ? Et puis, qu'est-ce que ça voulait dire, les petits noms ? N'avait-elle pas inventé, elle aussi, des petits noms pour tous les garçons de la classe ? N'était-ce pas simplement une manière de se montrer enjouée et amicale ? Et qui n'aurait pas envie de se montrer amical avec Fred ?

– Désolée, Florio, dit-elle en se tournant vers Flora, j'ai vraiment un mauvais jeu.

C'était vrai : ses lettres étaient vraiment pourries. Mais le pire, c'était qu'elle n'arrivait pas à se concentrer, car son satané cerveau était sans cesse monopolisé par l'intrigue «Fred et Jodie». Tout ce que Jess trouva à placer, ce fut un pauvre petit «OH» minable.

– Oh ! s'écria Fred d'une voix mélodramatique. Oh, oh, oh !

– Cinq, dit Jodie, soulignant le score honteux de Jess.

Cette dernière piocha une autre lettre. Un autre «O». À ce stade, il n'y avait plus qu'à s'échapper dans un monde imaginaire. Dans cette réalité parallèle, ils jouaient au Scrabble, mais Fred posait des mots lourds de sens, comme un personnage d'un roman de Jane Austen envoyant des messages codés.

«REGRET», posait-il avant de lui adresser un long regard tourmenté et douloureux. Ensuite, «HONTE». Puis «AGONIE». «DÉSESPOIR». «PARDON». Et enfin, «TOUJOURS».

Mais lorsque Fred la regarda réellement, il semblait à l'opposé du tourment. En fait, il avait des étincelles dans les yeux, ce qui semblait indiquer qu'il était plutôt d'humeur à la contrarier qu'à souffrir lui-même.

– Alors ce film dans lequel tu vas jouer, dit-il vers la fin de la partie, alors que Jodie et lui menaient, avec cent trente points d'avance, et ne pouvaient plus perdre. Quel rôle as-tu déjà?

– Le fantôme de la petite amie de quelqu'un, dit Jess.

– Ouah! s'exclama Jodie. Un rôle sur mesure!

Ce fut un moment terrible. Il y eut une seconde de gêne qui les glaça. Jodie n'était pas vraiment quelqu'un de cruel, elle était simplement irréfléchie et provocatrice. Mais sa remarque était dégueulasse. Fred rougit légèrement et se pencha pour refaire son lacet. Jess sentit une explosion de rage dans sa cage thoracique. C'était elle qui avait largué Fred, nom d'une pipe ! Et avec les meilleures raisons du monde.

– Exactement ! (Jess sentit son visage s'empourprer sous l'effet de la colère et de la gêne mêlées – il fallait qu'elle sorte de là.) Comme nous avons été battues à plates coutures, je crois qu'il faut que nous admettions la défaite. Je me tire.

Elle se leva, ramassa sa polaire et son sac, puis s'éloigna, en essayant de garder une allure lente pour ne pas aggraver son cas en donnant l'impression de fuir dans un mouvement d'humeur.

L'air frais du couloir apaisa ses joues en feu. Une demi-minute plus tard, Flora la rattrapa.

– Incroyable, cette Jodie ! s'exclama-t-elle, bouillonnant de rage. On n'a pas idée de dire ça ! Ça va, Jess ?

– Oui, répondit Jess en desserrant à peine les lèvres. Ça va. Être le fantôme de l'ex-petite amie de quelqu'un me convient parfaitement.

– Écoute, lui dit Flora. Assieds-toi une minute. (Elles entrèrent dans les vestiaires et trouvèrent un banc de libre.) Comment tu vas, vraiment ? Je veux dire, ce qui se passe avec Jodie...

– Ça va, répéta Jess. C'est vrai, ça ne me fait absolument rien. Est-ce qu'il se passe quelque chose, de toute façon ?

– Je les ai vus se tenir la main, chuchota Flora d'un air abattu. Harriet raconte qu'elle les a même vus s'embrasser.

Ce fut comme si une lance se fichait dans le cœur de Jess.

– Parfait, dit-elle. Ça les regarde.

Elle savait bien que ses affirmations étaient faiblardes. Il y eut un long silence pendant lequel elle parvint à ne pas pleurer. Flora ne trouvait rien à dire.

– Alors, ce film… commença Flora en changeant d'approche. Ce Luke… il est vraiment très sympa. (Jess haussa les épaules.) C'est évident que tu lui plais.

– Peut-être, répondit Jess. Il se leurre complètement. Il dit que j'ai l'air d'une Italienne.

– J'ai toujours trouvé aussi! dit Flora.

– Hmmm… (Jess voyait bien le tour que prenait cette conversation.) Je ne veux pas m'attacher à Luke. C'est un chouette type, mais je sors à peine d'une relation. Ce ne serait pas honnête envers lui. Ça ne fonctionnerait pas.

– Tu n'as pas besoin de t'attacher *vraiment* à lui, expliqua Flora, tout excitée. Tu pourrais juste faire semblant, pour attiser la jalousie de Fred.

Jess soupira.

– Je crois que Fred s'en contreficherait si Luke et moi, on sortait ensemble, dit-elle tristement.

– N'importe quoi! Ça le hérisse, sinon il n'aurait

pas reparlé du film. J'ai observé son langage corporel avec Jodie, et il n'est pas du tout à l'aise avec elle. Il n'aime pas cette situation, Jess. Il veut se remettre avec toi, je le sais. N'oublie pas que c'est toi qui l'as largué. Il attend peut-être que tu fasses le premier pas.

– Et pourquoi moi ? s'énerva Jess. La balle est dans son camp. Ce n'est pourtant pas si difficile ! Tout ce qu'il a à faire, c'est laisser tomber Jodie et m'envoyer un SMS, un truc. Ou m'appeler.

– Tu connais Fred, dit Flora d'un ton hésitant. Il ne se distingue pas par son courage.

– Eh bien, il devrait prendre un cours de rattrapage ! (Maintenant Jess était remontée à bloc.) S'il préfère se laisser porter et ne plus être avec moi, et laisser Jodie l'obliger à devenir son petit copain, simplement parce qu'il n'a pas le cran d'obtenir ce qu'il veut vraiment, il ne me mérite pas !

– Bien dit ! concéda pensivement Flora. Mais si ça se trouve, Luke te mérite, lui. Tu ne lui as peut-être pas donné sa chance, parce que tu ne penses qu'à Fred. Mais je crois vraiment qu'il est super, Jess, et c'est aussi l'avis de toutes les autres filles. Il est si poli et canon ! Vraiment canon, mais galant en même temps ! Sûr de lui et drôle. Si je n'étais pas avec Jack, je craquerais complètement pour Luke ! Franchement, tu attends quoi ?

29

Tout le restant de la journée, Jess fit de son mieux pour ignorer Fred tout en paraissant naturelle et détendue. Elle ne voulait pas qu'il sache qu'elle était blessée par son attitude. Elle voulait qu'il croie qu'elle était totalement à l'aise par rapport à la situation, qu'elle s'en fichait carrément, puisque c'était la ligne de conduite qu'il avait adoptée avec elle. Il verrait ce que ça faisait d'être traité comme ça. Elle espérait simplement que cela le toucherait à moitié autant qu'elle.

Finalement, la cloche sonna la fin des cours, et les couloirs s'emplirent d'une cohue d'élèves. Flora était partie plus tôt, car elle avait un rendez-vous chez le dentiste, donc Jess allait rentrer chez elle toute seule. Elle fut retardée quelques minutes par la quête de son téléphone portable au fond de son sac, puis elle le trouva (tout au fond), passa aux toilettes, et le temps de ressortir, la foule s'était dispersée. Elle emprunta le couloir menant à la sortie principale.

«Maintenant je vais profiter d'une charmante promenade jusque chez moi, sans penser une seule fois à Fred», se dit-elle.

Elle devait tourner pour arriver dans le hall principal, et lorsqu'elle négocia le virage, elle entra en collision avec Fred. Il était seul.

– Oh!

Ils s'étaient carrément rentrés dedans! Leur dernier contact physique remontait à des lustres.

– On dirait que c'est ton mot préféré, commenta Fred, hésitant, se dandinant presque sur place.

Jess eut un gros blanc.

– Quoi? fit-elle en fronçant les sourcils.

– «Oh», dit Fred. Ton mot préféré, tu sais?

Il souriait, mais c'était faux, il avait l'air stressé et inquiet.

– Oh, répéta Jess en comprenant l'allusion – et elle ne put s'empêcher de sourire en constatant qu'elle venait de réutiliser l'interjection. On dirait bien...

Il y eut un silence, énorme. Ils semblaient planer au-dessus d'un immense fossé, où tout pouvait encore être dit. Ils se regardèrent droit dans les yeux, et l'espace d'un instant, ce fut comme si rien n'était arrivé. Jess ouvrit la bouche, mais ne savait pas ce qu'elle allait dire. Elle était déchirée entre l'envie de se jeter dans les bras de Fred, et le désir de lui envoyer un coup de poing dans les dents.

Puis quelqu'un arriva et l'instant vola en éclats comme un pare-brise de voiture dans une tempête de gravier.

– Oh, ben – encore un «oh» – au revoir alors! murmura Jess en se détournant.

Fred eut l'air surpris.

– Au revoir, répondit-il.

Tandis qu'elle s'éloignait, le cœur de Jess battait à tout rompre. Pourquoi s'étaient-ils dit au revoir comme ça? Ils ne le faisaient jamais. C'était toujours «à plus tard», «salut» ou «à plus». Pourquoi avoir utilisé cette expression guindée, funeste et triste : «au revoir»? Cela semblait symbolique, une réaffirmation de ce qui leur arrivait, concentrée en un seul mot. Comme pour le souligner, comme pour dire : on en reste là.

Pourquoi n'avait-il pas répondu : «Oublions les "au revoir", et reprenons à "bonjour"!», avant de la prendre dans ses bras? Pourquoi n'arrivait-il jamais à prendre d'initiative? Lorsqu'elle avait eu la stupide idée de lâcher cet «au revoir», pourquoi l'avait-il répété, comme un foutu perroquet? Jess sentit quelques larmes rouler sur ses joues, mais c'étaient des larmes de rage, parce qu'elle était exaspérée avant tout. Cet « au revoir » résonnait sans fin à ses oreilles, comme une sonnerie de téléphone dans une maison vide. Plus jamais elle ne jouerait au Scrabble. Ce jeu donnait aux mots une signification et un pouvoir terribles.

Jess se rendit compte qu'elle avait remonté Laburnum Drive sur toute sa longueur sans s'en rendre compte. Elle avait prévu de marcher jusque chez elle sans penser à Fred, mais elle avait déjà parcouru deux rues, sans même savoir où elle était tant la présence exaspérante de Fred envahissait son esprit.

« Pendant le restant du trajet, se sermonna-t-elle, je vais penser à autre chose. » La nourriture était un choix très tentant, évidemment. Jess se promettait une tartine gargantuesque. Mentalement, elle visualisa toutes les étapes de sa préparation : beurrer le pain, le couvrir de pâte à tartiner au chocolat, puis ajouter de la banane écrasée, et enfin quelques noix concassées. Elle imagina le plaisir triomphant qu'elle éprouverait en déposant une autre tranche sur le dessus, sur laquelle elle appuierait délicatement, avant de couper le tout en deux. Dans son rêve éveillé, elle approcha son délicieux sandwich de ses lèvres... et soudain elle vit la tête de Fred, minuscule mais reconnaissable entre mille : il l'observait de l'intérieur du sandwich, comme un ver dans une pomme !

Jess grogna tout haut. Ce rêve de sandwich avait bien commencé, et à la dernière minute elle avait échoué à exorciser Fred. Non seulement il lui gâchait la vie, mais il avait gâché son sandwich !

Jess abandonna la piste de la nourriture et commença à planifier un safari. Elle savait que Fred ne voudrait jamais faire un safari, il n'était pas vraiment un homme de plein air. Et les animaux, ce n'était pas son truc non plus. Les petits, il leur marchait parfois dessus par inadvertance, et les gros lui faisaient peur. Il avait une vraie phobie des chevaux. « Arrête de penser à Fred », se rappela sévèrement Jess.

Le safari, donc... Elle était dans une Jeep bondissant sur les étendues herbeuses de Tanzanie (ou autre endroit exotique). Elle avait entendu parler d'un endroit qui portait un nom ressemblant à Ngorongoro. Si seulement les noms de lieux étaient autorisés, elle aurait adoré utiliser celui-là dans une partie de Scrabble. Mais non ! Elle ne devait pas penser au Scrabble. Ce jeu était à jamais compromis par son lien avec vous-savez-qui.

Secouée par les cahots, Jess porta ses jumelles à ses yeux. « Il y a une lionne là-bas, juste sous cet arbre épineux!» lui chuchota son guide, un beau gosse musclé prénommé Andy. Jess scruta la prairie avec ses jumelles. Elle repéra des zèbres, des lions, des oiseaux merveilleux, et puis... oh non! C'était Fred, monté sur une autruche comme si c'était un cheval, tournant en rond et appelant à l'aide.

Jess sortit brusquement de sa rêverie. Ce n'était pas facile d'être toute seule. Si seulement Flora n'avait pas eu ce rendez-vous chez le dentiste, elles auraient pu faire une partie du chemin ensemble, et son amie lui aurait changé les idées en lui relatant les victoires sportives de Jack et les derniers changements d'humeur de son père. Livrée à elle-même, Jess était à la merci de son esprit écervelé qui semblait tourner en boucle.

Ce fut un soulagement d'arriver à la maison. Au moins, elle ne serait plus seule avec ses pensées. Alors qu'elle insérait sa clé dans la porte d'entrée, elle fut distraite par une dernière rêverie fugitive: Fred était – on ne sait comment – arrivé là avant elle et l'attendait dans la cuisine en compagnie de mamy, un grand sourire aux lèvres et un long discours d'excuses tout préparé.

Évidemment, sa grand-mère était seule, même si Jess entendait que sa mère était au téléphone à l'étage.

– Devine qui a apporté ça? lui dit sa mamy en désignant la table de la cuisine.

Jess jeta son sac de cours dans un coin et regarda dans la direction qu'elle désignait. Il y avait une grosse enveloppe qui portait son prénom, et un perce-neige dans un pot à confiture minuscule. Bêtement, le cœur de Jess bondit, mais elle réussit plus ou moins à le retenir dans son élan, comme lorsqu'on rattrape un ustensile qui tombe d'un plan de travail avant qu'il atteigne le sol.

Fred ne lui aurait jamais offert un perce-neige.

– Luke, évidemment, devina Jess, en essayant de prendre un ton calme et naturel.

Elle avait retenu la leçon. Elle prit le perce-neige et le renifla. Ça ne sentait rien.

– Je l'ai mis dans l'eau, expliqua sa grand-mère. Je ne voulais pas qu'il fane. Il a dû le laisser sur le pas de la porte avant de sonner et de courir chez lui. J'ai entendu leur porte d'entrée claquer, juste quand j'ouvrais la nôtre. L'enveloppe était sur le seuil, et le perce-neige par-dessus. Si ce n'est pas romantique!

– Oui, très, très romantique, mamy, acquiesça Jess d'un ton taquin. Je sais que tu es sous le charme, mais tu ne crois pas que la différence d'âge est un peu trop importante? Enfin mamy, c'est un ado!

– Ha ha! s'esclaffa-t-elle. Si j'étais une jeune fille, je n'hésiterais pas une seconde.

– Mamy! gronda Jess. Répugnant! Ne dis plus jamais de choses comme ça! (Jess se sentait déjà mieux.) Bon, pour tenir jusqu'au dîner, je vais me faire un p'tit sandwich, alors qu'on m'apporte une belle miche de pain blanc et un wagon-citerne de chocolat fondu !

– Tu ne vas pas ouvrir cette enveloppe ? demanda sa mamy, qui ne voulait plus quitter le sujet «Luke», comme une mouche qui rôde autour d'un bol de sucre.

– Très bien, très bien, accepta Jess en souriant avec indulgence.

Elle ouvrit l'enveloppe et en sortit quelques feuilles intitulées «Programme de tournage». C'était bien mis en forme et imprimé sur du beau papier, pas griffonné au dos d'un autre document comme l'aurait fait... non ! Elle se força à ne pas aller au bout de cette pensée. Il y avait aussi un petit mot attaché avec un trombone (détail bizarre et vaguement troublant).

«Salut B. V. (J'espère que ça ne te dérange pas que je t'appelle comme ça.) Voici notre programme de tournage pour le week-end, libère ton emploi du temps ! J'ai prévu un créneau pour les devoirs le dimanche soir. Passe aujourd'hui dès que tu auras fini tes devoirs / ton repas. Envoie-moi un SMS.

Bisous,

L.»

– Voilà, mamy ! Puisque tu es si fascinée et charmée par lui, régale-toi, dit Jess en lui fourrant les feuilles dans les mains, tandis qu'elle partait se préparer son sandwich.

Sa grand-mère s'assit à la table de la cuisine, chaussa ses lunettes et commença la lecture.

La mère de Jess descendit.

– Ton père a enfin fini de déménager ses dernières affaires chez lui, annonça-t-elle. Et on se disait qu'on pourrait aller à la pizzeria pour fêter l'événement. Ça te dit ?

– Oh, fit Jess, hésitante. (Cette interjection semblait bien être son mot préféré.) J'avais prévu de travailler sur le script avec Luke ce soir, je lui avais plus ou moins promis, mais...

Maintenant elle n'était plus vraiment sûre de vouloir écrire le scénario avec lui.

– Oh mais ce n'est pas un problème, répondit joyeusement sa mère. Le repas n'occupera pas toute la soirée ! Papa a encore beaucoup d'affaires à déballer, et puis Luke peut venir aussi. C'est un garçon charmant.

– Pourquoi t'appelle-t-il B. V. ? demanda la grand-mère de Jess. À moins que ce ne soit une question indiscrète ? ajouta-t-elle avec un clin d'œil.

– Quelque chose en rapport avec les vampires, j'imagine, soupira Jess. Barbante Vampire, je crois.

– Ah oui? releva sa grand-mère d'un air malicieux. Je ne crois pas qu'il te trouve barbante du
tout.

30

Jess était un peu nerveuse à l'idée de revoir Luke, mais ce serait peut-être plus facile en compagnie d'adultes. À moins que ça ne soit plus difficile – par exemple si ces adultes commençaient à les taquiner, à leur demander s'ils sortaient ensemble. Il fallait qu'elle mette tout le monde au pas dès maintenant.

– Si on propose à Luke de venir à la pizzeria avec nous, prévint-elle, et je suis tout à fait d'accord, soit dit en passant, je veux que vous me promettiez de ne pas le traiter comme si vous envisagiez de nous marier. Ce serait terriblement gênant. (La mère et la grand-mère de Jess eurent l'air choqué par cette idée.) C'est déjà assez pénible de supporter vos allusions quand il n'est pas là, ajouta Jess d'un ton sévère.

– Bien sûr que non, ma chérie. Je suis désolée si nous avons dépassé les limites, lui assura sa grand-mère en se relevant avec difficulté. Il vaut mieux que j'aille me changer… je vais mettre ce chemisier rouge à motif, comme ça, si je fais tomber de la pizza sur moi, personne ne le remarquera.

Mamy était adorable, bien sûr, et Jess l'adorait, mais elle espérait que sa grand-mère ne causerait pas de catastrophe en renversant quelque chose, en bavant ou en s'étouffant bruyamment. Et Jess espérait aussi que Luke ne ferait rien qui sorte de l'ordinaire. Il y avait chez lui quelque chose d'imprévisible qui la déconcertait.

– Va donc chez les voisins demander si Luke veut venir, lui suggéra sa mère, en prenant soin de ne pas prendre une voix de marieuse.

– D'accord.

Jess sortit directement, sans même prendre le temps de s'inspecter le visage dans le miroir de l'entrée – même s'il était presque physiquement douloureux de passer à côté d'un miroir sans y jeter au moins un bref coup d'œil. Cela ressemblait à un gage impossible sorti d'un conte de fées.

Refoulant une légère nervosité, Jess sonna à la porte des Appleton. Il fallait qu'elle soit courageuse. C'est Luke qui vint ouvrir.

– Salut ! dit-elle.

Il rougit. C'était bizarre, ce qui la fit rougir aussi. Bon, elle ne devait pas se laisser distraire de sa mission.

– On va manger une pizza vite fait, dit-elle, le visage brûlant. Juste mes parents, ma grand-mère et moi. Tu veux venir ?

– Oh, génial, merci, oui avec plaisir, accepta-t-il avec empressement. Mon père n'est pas là ce soir, alors j'allais me faire une ventrée de pop-corn.

– Je vois, dit Jess avec un sourire.

Mais c'était très calculé, comme quand on dispose un tissu pour dissimuler quelque chose. Elle partit à reculons dans l'allée.

– Alors tu peux venir dans environ vingt minutes ?

– Bien sûr, acquiesça Luke. D'accord. Euh, tu as reçu le programme de tournage ?

– Oh ! fit Jess en posant la main sur sa bouche. Désolée ! Oui bien sûr, ça a l'air très bien. Merci.

Il y eut un moment de flottement, pendant qu'ils pensaient tous les deux au perce-neige, sans le mentionner.

– À tout de suite alors, dit Jess en tournant les talons. Enfin, à dans vingt minutes.

Elle se prit les pieds dans ses propres chaussures. Luke la regardait fixement, fasciné.

– Ces pieds, alors ! râla Jess en faisant une de ses grimaces favorites.

Luke éclata de rire, l'air enchanté. Pourquoi Fred ne pouvait-il pas être enchanté ?

La pizzeria n'était pas très fréquentée ce soir-là – après tout, on était lundi soir. Mais le père de Jess était d'humeur festive, alors il y avait malgré tout une bonne ambiance à leur table.

Lorsque la commande fut prise et qu'on leur apporta les boissons, le père de Jess se frotta les mains et sourit, en disant:

– Alors, je propose un toast…

Jess sentit son sang se glacer. Pas un toast à Luke et elle! Pitié, pas ça!

– À mon nouveau départ! Désolé, ça semble terriblement nombriliste. Disons, aux nouveaux départs en général!

– C'est très excitant les nouveaux départs, lança la mère de Jess en prenant une gorgée de vin blanc.

Oh non! Elle allait sûrement faire une allusion maladroite au fait que Jess devait prendre un nouveau départ après sa rupture avec Fred!

Mais non.

– Dans l'esprit de la soirée, je vais prendre un nouveau départ moi aussi. Je vais repeindre le salon.

– Oh là là! (Jess frissonna en entendant cette terrible nouvelle.) Tout le monde fait de la peinture…

Elle ne termina pas sa phrase. Elle ne voulait surtout pas penser à l'immonde *relooking* de la chambre de Fred par Jodie.

– Ton père et toi, vous allez repeindre des pièces, Luke? demanda la grand-mère de Jess. C'est ce que font souvent les gens quand ils emménagent.

– Eh bien, dit Luke avec un sourire, je voulais repeindre ma chambre en noir, mais mon père dit que ce n'est qu'une passade, et il ne va pas me laisser faire, sauf si je lui promets de la repeindre intégralement en blanc une fois que j'aurai changé d'avis. Et il faudrait que je paie moi-même toute cette peinture. Alors je crois que je ne vais pas me donner tant de mal.

– J'espère bien que non! s'épouvanta la grand-mère de Jess. Du noir, franchement!

– J'ai peint ma chambre en bleu foncé quand j'étais à l'université, révéla le père de Jess. En fait, je m'adonnais à l'art mural. Tu te souviens des fresques de dieux grecs que j'avais faites, Madeleine?

– Oui, acquiesça la mère de Jess en hochant la tête et en riant. Mais j'essaie de les chasser de mes souvenirs depuis vingt ans!

– Ce n'était pas si mauvais, se défendit-il. Mais je dois admettre que Zeus avait un gros derrière poilu.

– Papa, c'était une erreur grossière! lui reprocha Jess. Tout le monde sait que les dieux grecs s'épilaient.

Ils éclatèrent tous de rire et Jess commença à se sentir bien, et cela faisait vraiment longtemps que ce n'était pas arrivé. Elle adorait faire rire les gens. C'était ce qu'elle recherchait.

– Alors, comment se passe votre installation ici, pour ton père et toi, Luke ? demanda la grand-mère de Jess quelques instants plus tard.

Elle était tellement attentionnée, elle s'assurait toujours qu'il soit inclus dans la conversation. Mais avec Luke, on n'avait pas vraiment besoin de s'inquiéter de ça, il semblait totalement à l'aise avec les adultes, pas comme F... Non ! Jess chassa précipitamment le souvenir de cette personne qui n'était pas naturelle avec les adultes. Elle se concentra complètement sur ce que racontait Luke.

– On trouve nos marques, répondit ce dernier. Le coin est très chouette et tout le monde est très sympathique. Je m'inquiétais pour mon père, je me demandais s'il saurait s'intégrer.

– Tu t'inquiétais pour ton père ? demanda anxieusement la mère de Jess, comme si elle était prête à s'inquiéter elle aussi.

– Oui, déménager de notre ancienne maison... Il y avait vécu depuis son mariage.

Il y eut un bref silence, pendant lequel toute la famille de Jess se demanda ce qu'il était arrivé à Mrs Appleton.

– Oui, il devait avoir beaucoup de souvenirs attachés à cette maison, commenta pensivement la grand-mère de Jess, qui gérait bien la situation. Je crois que ton père a mentionné que ta mère n'est plus avec vous?

– Non, ma mère... (Pour une fois, Luke semblait avoir du mal à trouver ses mots.) Euh... elle est partie de son côté il y a quelques années.

– De son côté? répéta la grand-mère de Jess d'une voix douce.

– Euh, oui. Elle... elle a rencontré quelqu'un, et puis, hum, mes parents n'allaient pas vraiment bien ensemble, avoua Luke.

– Les miens non plus! dit Jess pour détendre l'atmosphère. Il suffit de les regarder!

– Mais, vous... mangez une pizza ensemble. (Luke balaya la table du regard.) C'est amical et... agréable.

– Les relations ne sont pas très amicales entre ton père et ta mère, alors? demanda la grand-mère de Jess, qui semblait, de par son âge et son expérience, la personne la plus qualifiée pour poser des questions indiscrètes.

– Ce n'est pas tellement le problème, dit Luke d'un ton hésitant. Mais maintenant elle vit en Tasmanie.

– C'est où? demanda Jess.

– En Australie, répondit Luke. Elle vit là-bas avec un type.

– Un Australien ? demanda la mère de Jess, fascinée. Comment se sont-ils rencontrés ?

– Il était en vacances en Angleterre. Elle était partie faire de la randonnée dans le parc du Lake Disctrict avec son amie Alice, et ils se sont rencontrés au pub un jour de pluie. Je crois que papa et elle s'éloignaient déjà l'un de l'autre à ce moment-là. Maman est très sportive et énergique, elle aime le plein air. Alors que papa… c'est plutôt un rat de bibliothèque. Ils avaient déjà pris l'habitude de partir en vacances séparément, donc j'imagine que…

Luke haussa les épaules, il semblait triste mais résigné. Dieu merci, il ne semblait pas sur le point de fondre en larmes. La soirée pizza festive du père de Jess en aurait pris un sacré coup si Luke s'était mis à sangloter bruyamment.

– Je suppose que… si ta mère est sportive, l'Australie doit bien lui convenir, dit la mère de Jess avec tact.

– Oui, voilà, dit Luke. Elle passe son temps à nager, et autres activités de ce genre.

– Et que fait son… nouveau mari ? demanda mamy.

– Ils ne sont pas vraiment mariés, répondit Luke d'un air gêné. Et comme boulot, c'est un peu… Il est sexeur de poussins.

– Quoi ? s'exclama Jess.

– Vas-y, vas-y, dit Luke en se tournant vers Jess en

souriant. Tu peux rire un bon coup. Il est préposé au sexage des poussins. Il passe toutes ses journées à sexer des poussins. Les poussins naissent, et rien qu'en les regardant il peut dire de quel sexe ils sont.

Un rire nerveux se communiqua à toute la table, mais la mère de Jess n'aimait pas tourner en plaisanterie ce qui pouvait être un sujet très douloureux pour Luke.

– Tu dois beaucoup lui manquer, lui dit-elle gentiment. J'imagine que tu as souvent l'occasion de lui parler sur Skype?

– Oui, de temps en temps. Mais c'est bizarre, ma mère n'a jamais été très maternelle. Un jour elle m'a dit: «Quand tu seras grand on sera les meilleurs amis du monde, mais jouer à la mère poule bisous-câlins, ce n'est pas mon truc.»

– Oh là là, dit pensivement la grand-mère de Jess. Mon pauvre petit. Si jeune et tu as déjà dû faire face à bien des difficultés.

– Oh ça va, la rassura Luke avec un élégant haussement d'épaules. Je crois que ça m'a obligé à... me débrouiller davantage par moi-même. Et c'est une bonne phrase d'accroche dans les soirées: «Ma mère s'est enfuie avec un sexeur de poussins.»

Tout le monde éclata de rire, mais Jess sentait que, malgré les plaisanteries, Luke souffrait bien plus qu'il ne le laissait voir.

31

Une fois le dîner fini, la soirée était bien avancée, mais Jess et Luke s'installèrent à la table de la cuisine pour ébaucher les lignes directrices de leur film.

– Alors, dis-moi, commença Jess. De quoi parle le film ?

– Eh bien, il n'y a pas vraiment d'histoire proprement dite, expliqua Luke. On est plutôt partis d'une situation et d'une série d'images.

– La situation, c'est que ce gars est hanté par le fantôme de son ex-petite amie ?

– C'est ça.

– Alors il l'a tuée ?

– Je ne sais pas… Qu'en penses-tu ?

– S'il l'a tuée, il y a davantage d'histoire, argumenta Jess. Tu pourrais avoir des flash-back du meurtre.

– Mais il n'aurait pas fait exprès de la tuer, précisa Luke, sourcils froncés.

– Pourquoi pas ? Peut-être qu'elle était vraiment exaspérante ! Elle l'avait fait tourner en bourrique si ça se trouve.

– Humm… dit pensivement Luke.

– Pourquoi ça ne te plaît pas qu'il la tue ? demanda carrément Jess. Ça ouvre à tellement de possibilités. Eh, on pourrait même aller vers le comique. Peut-être qu'il veut la tuer parce qu'elle n'arrête pas de parler. Elle parle et parle et ça le saoule, alors il finit par attraper l'objet le plus proche et la frappe aveuglément.

– Et de quel objet s'agirait-il ?

– Bon, s'ils étaient dans une cuisine ordinaire comme ici, il pourrait essayer de la tuer avec quelque chose d'inoffensif, comme un torchon.

– Pourquoi pas un couteau ou un rouleau à pâtisserie ?

– Parce que, sinon, où est le comique ? Ce n'est pas obligé d'être comique, mais c'est juste ma façon de fonctionner. Il attrape le torchon et…

– L'étrangle avec ?

Luke essayait d'entrer dans le scénario imaginé par Jess.

– Non, ça c'est trop logique. Il la fouette avec, mais ça ne marche pas, alors il prend la pelle à poussière et la balayette, pour l'attaquer. Il essaye de la balayer à mort, évidemment...

Luke éclata de rire.

– Ensuite il essaierait de la tuer avec toute une ribambelle d'objets incongrus. Je ne sais pas... des bananes, une balance... Du fromage. Oui! Il pourrait ouvrir le réfrigérateur et essayer de la tuer avec des produits frais. Des glaçons! Des restes de hachis Parmentier! De la margarine!

– Et après? demanda Luke, toujours hilare, qui semblait ravi de ses idées.

Jess, elle-même, était très contente d'elle.

– Eh bien, il arrive enfin à la tuer avec quelque chose de totalement inattendu, comme, euh, un gant de cuisine. Et ensuite il faut qu'il se débarrasse du cadavre.

– Comment s'y prend-il?

– Si on reste dans le thème culinaire... il pourrait faire des dizaines de tartes à la petite copine! Il pourrait lancer son affaire en livrant ses tartes dans les bureaux à l'heure du déjeuner!

– Et ensuite? demanda Luke.

– Elle le hante, j'imagine, conclut Jess, épuisée.

Luke lui sourit et baissa les yeux. Elle savait qu'il allait dire que son idée était pourrie.

– J'adore ton idée, Jess, dit-il d'un air penaud. Mais c'est complètement différent de ce que Boris

et moi avions prévu. On veut quelque chose de…
réaliste.

– Réaliste ? Avec un fantôme dans l'un des rôles
principaux ?

– Oui, pourquoi pas ? Un thriller psychologique,
si tu préfères. Il est tellement obsédé par son ex qu'il
n'arrête pas de penser à elle. Il la voit partout.

Soudain Jess se souvint de sa rêverie à propos
d'un sandwich… où la tête de Fred était apparue,
comme un petit ver.

– Ah oui, je vois carrément ce que tu veux dire,
fit Jess avec sérieux.

– Nous l'avons pensé comme un portrait, tu vois,
un état d'esprit. Je ne crois pas qu'il l'a tuée… Je
pense qu'il l'a larguée et après, elle a dû mourir
dans un accident, ce genre de chose. Et bien sûr il
est rongé par les regrets.

Le sang de Jess se figea. Et si Fred mourait acci-
dentellement ? Elle vit aussitôt la puissance de ce
scénario.

– Oh, ouah ! souffla-t-elle. C'est tellement mieux
que mon truc comique idiot.

– Non, non, insista gentiment Luke. C'est différent, c'est tout. J'adorerais faire ton film de meurtre
en cuisine un jour. Mais c'est plutôt du grand gui-
gnol. Je veux dire, notre film est plutôt mélancolique et… enfin j'imagine que c'est prétentieux de

vouloir faire quelque chose de terriblement sombre et puissant, et je vais sûrement me planter lamentablement, mais j'aimerais essayer. Et puis c'est toujours plus facile de prendre un ton sérieux que de faire du comique.

– C'est vrai ? s'étonna Jess. (Elle n'avait touché quasiment qu'à la comédie, elle ne pouvait pas vraiment faire de comparaisons.) Mais au fait, comment se termine le film ?

– Je ne suis pas encore fixé, dit Luke avec un sourire. On pourra peut-être en discuter demain soir – si tu es dans le coin ?

– Bien sûr !

Jess avait vraiment hâte de prendre part à ce projet. D'accord, Luke n'avait pas accroché à son idée comique, mais il s'était déjà mis d'accord avec Boris sur certains points, et quand vous avez déjà commencé à imaginer des choses, vous n'avez aucune envie de voir vos idées détournées par une inconnue. Surtout si cette dernière essaie de transformer votre film esthétique et énigmatique en entartage potache.

Quand Mr Appleton rentra chez lui, sa réunion semblait l'avoir fatigué. Jess se leva.

– Bon, c'était chouette, conclut-elle. Très intéressant.

C'était pratique que Mr Appleton soit là : sa

présence facilitait les adieux. Il n'y avait pas d'hésitation, d'embarras pour trouver quoi dire, quoi faire
– un bisou sur la joue ? Un joyeux signe de main ?
Une collision avec le montant de la porte ?

Jess se contenta de lancer :

– À demain alors, Luke. Au revoir, Mr Appleton !

– Oh je t'en prie, protesta le père de Luke.
Appelle-moi Quentin.

Jess lui fit un grand sourire. Il fallait à tout prix
qu'elle réprime son envie d'éclater de rire jusqu'à
ce qu'elle soit rentrée chez elle.

– Eh bien, au revoir, Quentin, alors, dit-elle en
hochant la tête.

Lorsque Jess fit irruption dans la cuisine, son
père et sa mère prenaient un chocolat chaud.

– Mission accomplie ! dit Jess avec un grand sourire. Luke peut venir. Et devinez quoi ? Son père
s'appelle Quentin !

– Il n'y a pas de mal à cela, lui dit sévèrement sa
mère. Et Quentin Blake ? C'était ton auteur préféré
quand tu étais petite.

– Ah oui ! (Jess s'en souvenait.) Mais ça va pour
les gens célèbres, les écrivains. C'est juste un peu
bizarre d'avoir un Quentin qui vit dans la maison
d'à côté.

– Ce n'est pas bizarre du tout, ne sois pas sotte,
rétorqua sa mère d'un ton sec.

Soudain Jess trouva que l'atmosphère était inhabituelle.

– Qu'est-ce qui ne va pas ? demanda-t-elle, mal à l'aise. Il est arrivé quelque chose ?

– Il y a eu un tremblement de terre très meurtrier en Amérique latine, répondit sa mère. Des dizaines de milliers de personnes sont mortes, d'après les premières estimations. (En apprenant cette horrible nouvelle, Jess eut un mouvement de recul.) N'allume pas la télévision, la prévint sa mère. Le journal télévisé te donnerait des cauchemars.

Le lendemain au lycée l'atmosphère était étrangement feutrée. Certains élèves se comportaient comme d'habitude, d'autres parlaient avec agitation des scènes d'horreur qui tournaient en boucle sur les chaînes d'information. Jodie déboula à son tour dans la classe et, comme d'habitude, commença par faire une annonce publique, très bruyamment.

– Fred et moi, on va courir un semi-marathon. En faveur des victimes du tremblement de terre.

Fred pénétra dans la pièce derrière elle, le nez baissé, s'empêtrant dans les lanières de son sac.

– Fred dans un semi-marathon ? s'étonna Mackenzie, incrédule. Ça va le tuer.

Fred jeta un coup d'œil à Mackenzie, et lui fit un signe de tête accompagné d'un pâle sourire.

Intérieurement, Jess bouillait. «Fred et moi, on va courir un semi-marathon»? Attends, attachés comme dans une course à trois jambes? «Fred et moi». Jess essaya de réprimer un terrible accès de rage assassine. Après tout, ils voulaient simplement aider les victimes d'un tremblement de terre. Mais lorsque Fred et elle étaient ensemble, il n'aurait jamais envisagé de courir un marathon. Jess écumait de jalousie.

– Pourquoi tu ne fais pas un spectacle comique de bienfaisance? demanda Mackenzie. C'est quand même plus ton style.

– Ne t'en fais pas, ce sera un spectacle comique quand même, répondit Fred d'un air sombre.

– Pourquoi vous ne le faites pas attachés ensemble comme les gens qui font une course à trois jambes? demanda Jess d'un ton sarcastique. Voilà qui nous ferait tous bien rire.

– Oh Jess! s'étrangla Jodie. Quelle idée brillantissime!

Et voilà. Jess, elle-même, venait de donner à Jodie une excuse pour passer son bras autour de Fred dans un futur proche – tout ça pour la bonne cause.

32

– Non ! refusa fermement Fred. Je ne ferai ça attaché à personne ! J'aurai déjà assez de mal à ramper
jusqu'à la ligne d'arrivée, sans traîner quelqu'un
avec moi.

– C'est moi qui te traînerai ! lui promit joyeusement Jodie.

Mais Fred secoua la tête.

– Non ! Trouve-toi une autre victime !

Puis il sourit – pour rendre sa remarque moins
violente, peut-être. Jess observait la scène avec
un œil d'aigle – même si elle tournait la tête dans
l'autre direction, vers un mur passionnant, pour
donner le change.

– Eh ma belle ! On fait le semi-marathon aussi ?
lui demanda Flora. Même si je doute que mon père
soit d'accord pour me sponsoriser. Il a mis en place
un système de rationnement à la maison. Chacun

n'a droit qu'à un chocolat par jour. C'est totalement injuste !

– Un chocolat par jour suffirait sans doute à maintenir en vie une victime du tremblement de terre, fit remarquer Jodie. Tu devrais arrêter toutes les sucreries et me donner l'argent. Deviens mon sponsor ! Ou encore mieux, viens courir avec nous !

– Je me déciderai plus tard, dit Jess.

Elle était contrariée de voir que son agacement envers Fred et Jodie parasitait sa réaction face à la catastrophe humaine qu'était ce tremblement de terre. Au lieu de penser à cette tragédie, elle imaginait combien il serait affreux de regarder Fred et Jodie courir le semi-marathon ensemble. Jodie s'agiterait autour de Fred : elle s'assurerait qu'il avait bien une bouteille d'eau, que ses lacets étaient faits, ce genre de chose. Jess soupira.

– On fait le semi-marathon alors, ma belle ? demanda de nouveau Flora.

– Non, trancha Jess. Faisons autre chose.

À l'heure du déjeuner, le soleil se montra. C'était un soleil d'hiver, mais Jess et Flora décidèrent de prendre l'air. Dans la cour, un spectacle étonnant les attendait. Deux silhouettes couraient sur la piste d'athlétisme. Fred, en tenue de sport, était devant ; il agitait gauchement ses jambes maigres et battait des bras. Jodie le suivait de près en soufflant, se dépêchant comme une poule dont le poussin s'est échappé. Avec son léger surpoids et ses genoux cagneux, elle n'était pas faite pour la course.

– Je vois que Jodie court après Fred, littéralement, commenta Flora avec un sourire. Mais il se débrouille pour rester juste hors de sa portée.

– Quel allumeur! dit Jess. Sérieux, je n'aurais jamais cru voir un jour une chose pareille: Fred se livrant volontairement à une activité sportive.

– Il paraît qu'il va vendre plein de ses DVD aussi, dit pensivement Flora. Pour les victimes du tremblement de terre.

– Tout ce que je peux dire, c'est que l'influence de Jodie sur lui est incroyable, constata Jess en gardant un ton léger. Il est pour ainsi dire refait à neuf maintenant qu'il n'est plus sous mon influence maléfique.

– Oh je crois que ça n'a rien à voir avec Jodie, s'empressa d'affirmer Flora.

– Rien à voir? C'était son idée, Flo!

– Ça en donne l'impression, mais... Fred essaie peut-être d'impressionner quelqu'un d'autre?

Flora jeta un timide regard en coin à son amie. Jess soupira et secoua la tête.

– Tu parles de moi, j'imagine? Je ne crois pas. Écoute, il n'a pas besoin de se fouler la rate en courant un semi-marathon pour *m*'impressionner. Tout ce qu'il avait à faire, c'était m'envoyer un SMS, ou un e-mail, avec le mot «désolé». Mais évidemment, c'était trop espérer de lui. (Jess soupira encore.) Et puis de toute façon, je suis remise de ma rupture. Complètement. Comment s'intéresser sérieusement à un type qui a des jambes pareilles? J'ai déjà vu des gressins plus musclés! Quand tu regardes Jack jouer au squash, tu dois être vraiment fière. Tu te dis: «Regardez-moi ces biceps – ils sont à moi, rien qu'à moi!»

Il y eut un silence bizarre. Jess s'était attendue à ce que Flora rie et ait l'air flattée. Après tout, Jack était ce qui se rapprochait le plus d'un sex-symbol oscarisé, dans le coin.

– En fait... je songeais à plaquer Jack, annonça Flora.

– Quoi! s'exclama Jess, choquée.

– Oui.

Flora marqua une pause. Elles étaient sous un arbre aux rameaux nus, mais sur lesquels pointaient des bourgeons, promesses des fleurs qui allaient s'épanouir dans quelques semaines. Mais pour l'instant, c'était la révélation de Flora qui explosait.

– Ça peut sembler raide, mais je commence à m'ennuyer avec lui, avoua-t-elle. Il est tellement prévisible. Il est juste... Je sais toujours ce qu'il va dire. On est encroûtés dans le train-train, comme un vieux couple marié, presque.

– Mais il est tellement sympa *et*... séduisant. Enfin, quoi, on parle d'un canon quand même !

– Hmm... Je sais, et quand on rencontre des gens, c'est la première chose qu'on remarque, mais le physique, est-ce que c'est si important au fond ?

Le regard de Flora parcourait l'horizon. En fait, ce n'était pas l'horizon que Flora regardait. C'était Fred, minuscule silhouette au loin, mais toujours reconnaissable, courant à en perdre haleine comme un parapluie cassé emporté dans la rue par une bourrasque.

– Jack est ennuyeux, conclut fermement Flora, et sa voix était comme un cocktail où tintait un glaçon.

Jess était abasourdie. Flora ne devait pas tenir tellement à Jack si elle songeait à le larguer sans crier gare. À moins que...

À cet instant, les jambes de Fred déclarèrent forfait et se dérobèrent sous lui. Même si cela se déroulait à l'autre extrémité du terrain, elle voyait très clairement la scène. Peut-être avait-il fait exprès de tomber pour faire une blague, mais quoi qu'il en soit, maintenant c'était au tour de Jodie de s'écrouler... sur Fred. Flora éclata de rire.

– Fred est tellement drôle ! dit-elle, et son sourire

donna à sa voix des accents musicaux pleins de douceur.

– Ouais, il est prévisible, lui aussi, répliqua Jess, un peu à cran. Je savais qu'à un moment donné il devait tomber. Je le voyais venir. Il aime tellement se donner en spectacle.

– Oui mais de façon tellement craquante. Il se moque tout le temps de lui-même, fit remarquer Flora, admirative.

– Tu devrais essayer de faire quelque chose avec lui, suggéra Jess amèrement. Très vite tu en aurais ras le bol de son numéro de grand maladroit. C'est sa façon de ne pas faire face à ses responsabilités.

– Bon, regarde, il s'entraîne pour le semi-marathon, là, le défendit Flora d'une voix douce, tout en regardant Jodie se relever et aider Fred à se remettre debout.

Ils se tiennent encore la main, pensa tristement Jess. C'était quand même assez drôle que Jodie soit tombée sur Fred. C'était sa façon de montrer son affection.

– Retournons à l'intérieur, proposa Flora, soudain prise de frissons. Je me les caille.

Bras dessus, bras dessous, Jess et Flora retournèrent dans les bâtiments. Jess ressassait encore la surprenante nouvelle qui attendait ce pauvre vieux Jack. Comment Flora pouvait-elle envisager cela avec tant de calme ? Peut-être n'avait-elle jamais pris leur relation au sérieux.

– Je veux juste connaître quelque chose d'excitant, ajouta Flora en arrivant au foyer.

Bizarrement, cette affirmation semblait lourde de menaces.

33

– J'ai parlé à Boris de ton idée de meurtre en cuisine, annonça Luke avec un grand sourire. Il trouve ça génial et il aimerait qu'on le fasse ; pas ce week-end, mais le prochain. Ou celui d'après. Il ne pourra pas venir tous les week-ends. Mais je crois qu'on pourrait aller à Manchester – tu voudrais aller passer un week-end à Manchester ?

Jess en resta sans voix. Elle venait de faire la connaissance de Luke et voilà qu'il l'invitait à partir en week-end.

– Le quartier d'Afflecks est super, poursuivit Luke. Tu vas adorer. Il y a un marché aux puces, des étals de bijoux, des posters, des tonnes de vêtements – gothiques, hipsters, punks – et pas le moindre bling-bling en vue.

– Euh… fit Jess, hésitante. (Ça semblait génial,

mais elle avait encore l'esprit embrouillé.) Tout est arrivé si vite! dit-elle d'une voix empruntée, tout en adoptant une pose évaporée.

– Fonce! lui intima Luke. On va s'amuser comme des fous. On pourra dormir chez Boris. Son père a fait fortune dans les télécoms et ils ont cette énorme maison chic dans la banlieue huppée de Didsbury. Sa sœur occupe tous les combles, elle a une sorte de loft. Elle va t'adorer. Elle a une chambre d'amis là-haut, tu pourras y dormir et faire des trucs de filles avec elle pendant que, Boris et moi, on perfection-nera notre art de la boxe.

– Tu sais que la boxe, c'est un truc de filles? répli-qua Jess sèchement.

– Je sais, fit Luke avec un grand sourire. J'ai assez souvent été frappé par des filles. Mais viens quand même! La mère de Boris peut appeler la tienne si tu veux, pour lui promettre qu'il n'y aura pas de fête démente où tout le monde crie.

– Ben, s'il n'y a pas de fête démente où tout le monde crie, ça ne m'intéresse pas du tout, plaisanta Jess, se réfugiant comme d'habitude dans l'ironie.

Luke éclata de rire.

– Franchement Jess Jordan, tu es une fille super marrante. Tout le monde va t'adorer. Boris va tomber éperdument amoureux de toi.

Jess baissa timidement les yeux. Ils étaient dans

la chambre de Luke et ils étaient supposés discuter du script.

– J'espère que non, murmura-t-elle. Ça peut faire des dégâts.

– C'est déjà arrivé que quelqu'un tombe éperdument amoureux de toi? demanda Luke de but en blanc.

Jess était prise au dépourvu. Luke la surprenait sans arrêt – si Flora voulait quelqu'un d'imprévisible, il ne fallait pas chercher plus loin: avec Luke, on ne devait jamais s'ennuyer. Cette question directe la mit mal à l'aise, cependant. Alors qu'elle se sentait déjà un peu embarrassée par l'invitation à Manchester.

– Un jour j'ai vu un petit chien dans la rue, raconta Jess. Et il était visiblement très épris de ma personne.

– Ha ha ha! (Luke hurlait de rire.) Je suis sûr qu'il rêvait d'être ton chien. Qui n'en rêve pas?

– Je n'ai pas de chien. (Aussi étrange que cela puisse paraître, Jess commençait à regretter que Luke ne soit pas un poil plus barbant. L'avalanche d'attentions dont il la couvrait était un peu difficile à gérer.) Et si j'en avais un, ma mère serait obligée de le promener. Je ne suis pas douée pour m'occuper des choses.

– Mais évidemment! Ce n'est pas à toi de

t'occuper des autres, c'est de toi qu'on doit s'occuper. Il faudrait que tu aies à ton service une équipe de larbins emplis d'admiration.

Jess lui fit un sourire crispé et gauche. Malgré tout, ce n'était pas déplaisant. D'un certain côté, c'était agréable de recevoir des tonnes de compliments. Personne ne l'avait jamais traitée ainsi avant.

– Alors écoute, lui dit Luke, je vais être encore plus pénible maintenant, parce que je veux te prendre en photo, si tu veux bien.

– Non, non! protesta Jess en se couvrant le visage.

– Si si, insista Luke en sortant son appareil photo. Quand j'ai dit « si tu veux bien », j'ai menti. J'ai bien peur que tu n'aies pas le choix.

Il la regardait à travers le viseur tout en ajustant divers paramètres et en arrangeant les lampes de la pièce.

– Quel dommage qu'il n'y ait pas de lumière naturelle, se lamenta-t-il en la mitraillant sous tous les angles. On pourrait se retrouver au parc demain, juste après les cours? Il y aura encore une ou deux heures avant le coucher du soleil, et je voudrais prendre des clichés en extérieur: près du lac, sous les arbres.

– D'accord, accepta Jess avec méfiance.

Encore une fois, elle avait l'impression d'être bousculée, entraînée, comme dans une attraction de fête foraine, où on est obligé de se laisser aller et d'accepter de se retrouver la tête en bas suspendu dans le vide ou d'être précipité vers le haut puis vers le bas dans les montagnes russes.

– Super! Très bien! Charmant! Ne souris pas... c'est bien! Humecte-toi les lèvres, il faut qu'elles soient plus brillantes... C'est parfait.

– Laisse-moi aller chercher mon maquillage, le supplia Jess. J'ai des tonnes de gloss chez moi. Et mes yeux sont affreux, aujourd'hui. On dirait des raisins secs.

– N'importe quoi! se récria Luke en l'approchant d'un autre côté. Tes yeux sont magnifiques, leur expression change d'un instant à l'autre. Et il y a ce regard ironique que tu fais tout le temps – ça me fait trop rire. J'ai essayé de le décrire à Boris, mais je n'arrivais pas à trouver les mots justes... Pas de maquillage, s'il te plaît. Tu es sublime comme ça, sans rien.

Il ne se doutait pas que Jess avait passé une demi-heure sur son look «naturel».

– Et pour le film? demanda-t-elle. Il faudra que je mette une sacrée couche de maquillage pour avoir l'air morte.

– Oh oui, le film, bien sûr, opina Luke. Mais pas maintenant... Regarde en direction de cette lampe un instant, et détends ta bouche. Maintenant regarde-moi par-dessus ton épaule... Formidable!

La gêne que ressentait Jess au début commença à se dissiper. Il allait bien falloir qu'elle supporte ça, parce que Luke était très déterminé, et que si elle tenait à s'y soustraire, il faudrait faire une scène, alors qu'il ne lui manquait pas de respect. Au contraire, il la prenait en photo en lui disant à quel point elle présentait bien. Jess savait que dans certains coins reculés du globe les gens n'aiment pas qu'on les prenne en photo parce qu'ils ont l'impression que le photographe leur vole leur âme, mais ce n'était pas du tout le sentiment qu'elle éprouvait. Elle ne savait même pas pourquoi elle y pensait là.

Au bout d'un moment, elle se sentit à l'aise et se mit à parodier des poses de pin-up: Marlene Dietrich – sérieuse avec un regard de braise – Marilyn Monroe – douce et ingénue – Lara Croft – dure à cuire et prête à en découdre.

– Arrête, arrête, l'implora Luke en riant. C'était censé être sérieux! D'ailleurs je crois que j'ai suffisamment de matière maintenant.

Il baissa son appareil et la regarda directement, comme s'il essayait de trouver un aspect de sa personne qu'il n'avait pas réussi à capturer.

– Alors que je commençais juste à m'amuser, soupira Jess d'un air malicieux.

– N'oublie pas que nous avons une autre séance photo de prévue demain dans le parc, lui rappela Luke. Entre-temps je vais faire mumuse avec ça. J'ai ce super logiciel qui peut faire des trucs de ouf avec les photos. Donc quand il fera nuit demain on pourra revenir ici et je te montrerai le résultat. Tu auras l'air d'une star hollywoodienne – bon, non, il paraît que le dollar va mal – alors, disons d'une star japonaise !

Il lui sourit et son regard accrocha le sien. C'est alors qu'une chose étonnante se passa : Jess sentit comme des papillons dans son ventre. Oh flûte ! Il commençait à lui plaire.

34

Lorsque Jess rentra chez elle, un e-mail de Flora l'attendait.

«Salut Jess! Je viens de larguer Jack. Il a pleuré. C'était horrible. Je me sentais trop cruelle. Mais je devais le faire, c'était vraiment une bonne chose pour moi. Il vient de partir. Il a fini par se calmer, mais quand je lui ai dit "On peut rester amis, hein?", il m'a répondu "Dans tes rêves!". Heureusement qu'il est en terminale et que je ne le verrai pas tellement au lycée. Bref, je suis liiiiibre maintenant! Liiiiiibre! Je me sens super bien. Appelle-moi ou Skype-moi, tu auras tous les détails sordides!»

Jess n'était pas sûre de vouloir entendre ces détails sordides. Elle avait eu son compte d'émotions pour la journée. Et puis elle était encore toute frémissante après ce regard échangé avec Luke. Au fur et à mesure qu'elle apprenait à le connaître, il lui paraissait de plus en plus séduisant, et déjà au départ, il s'était distingué en tant que magnifique créature de la nature, avec ses longs cils, ses cheveux frisés et ses lèvres boudeuses. Au début, elle ne s'était pas sentie attirée par lui. Sans doute parce qu'elle ne pensait qu'à Fred.

Qu'elle s'intéresse à Luke était peut-être le signe qu'elle se remettait enfin de sa rupture avec Fred. Subir le duo «Jodie & Fred» tous les jours au lycée était assez pénible. Elle avait dû dresser des techniques de défense secrètes, une armure émotionnelle : ne pas en tenir compte, ne pas exploser en criant des bêtises dictées par la jalousie. Et pendant tout ce temps, Fred faisait plus ou moins comme si elle n'existait pas, et se laissait mener par le bout du nez par Jodie, l'invitant presque à s'affaler sur lui… Non ! Stop ! Jess s'échauffait et sa colère se rallumait, tout à coup.

Il fallait qu'elle cesse de suivre ce genre de raisonnement. Elle retourna au rez-de-chaussée et se fit un chocolat chaud. Sa mère dormait devant le journal télévisé (encore une dose de pathos en mode tremblement de terre) et sa grand-mère était partie se coucher. Elle remonta dans sa chambre sur la pointe des pieds. Elle s'assit sur son lit et regarda fixement le mur. De l'autre côté, il y avait Luke, qui retouchait sans doute des photos d'elle. Elle avait arrêté de compter les compliments qu'il lui avait faits depuis leur rencontre. Cela avait été étrange de se retrouver emportée par le tourbillon de son enthousiasme, alors qu'au fond de son cœur, elle se souciait toujours de Fred. Mais la ténacité dont il avait fait preuve et l'adoration qu'il lui témoignait commençaient à faire effet.

Elle envoya une rapide réponse à Flora pour lui dire que, comme elle avait été dehors toute la soirée, elle était fatiguée et avait besoin de dormir, mais qu'elles parleraient le lendemain. Alors qu'elle venait d'envoyer son message, un e-mail de Luke apparut dans sa boîte.

« TU ES DE L'AUTRE CÔTÉ DU MUR, LÀ ? SI SEULEMENT J'AVAIS DES YEUX ÉQUIPÉS DE RAYONS X… TU DEVRAIS VOIR CES PHOTOS : TU ES ÉPOUSTOUFLANTE ! »

Jess lui répondit :

« OUI, JE SUIS DE L'AUTRE CÔTÉ DU MUR.

CE N'EST PAS JUSTE: MAINTENANT TU AS DES PHOTOS DE MOI, TU AS VOLÉ MON ÂME, MAIS MOI JE N'EN AI PAS UNE SEULE DE TOI. »

C'était peut-être un peu de la drague, mais Jess se sentait d'humeur à flirter. C'était un soulagement de flirter, de passer du temps avec quelqu'un qui chouchoutait son ego. Si elle avait organisé un bal avec Luke au lieu de Fred, ça n'aurait pas été un plantage cinq étoiles. Ç'aurait été un triomphe garanti, satisfait ou remboursé. Elle avait le sentiment que Luke était prêt à sauter dans des cerceaux enflammés pour elle. D'accord, il était un peu trop pressant, mais c'était vraiment sympa et positif après l'attitude tiède et lâche de Fred.

Un autre e-mail atterrit dans sa boîte de réception.

« TU N'AS PAS BESOIN D'UNE PHOTO POUR ME VOLER MON ÂME. TU L'AS DÉJÀ FAIT. »

En lisant le message, Jess sentit ses joues s'empourprer, et son estomac se souleva (mais pas dans le genre dégueu).

« MAIS SI TU VEUX UNE IMAGE À PUNAISER, EN VOILÀ UNE EN PIÈCE JOINTE OÙ J'AI L'AIR D'UN PARFAIT IMBÉCILE. »

C'était bien qu'il fasse passer sa déclaration avec une vanne à propos de la photo.

Jess ouvrit la pièce jointe et Luke emplit son écran. Il avait visiblement pris la photo avec la webcam de son ordinateur portable, mais on aurait dit qu'il regardait Jess droit dans les yeux. Son expression était sérieuse. Elle admira encore une fois ses lèvres. Elles étaient bien dessinées et un peu boudeuses. Qu'est-ce qu'elle aurait donné pour avoir des lèvres pareilles ! Elle commençait à avoir hâte de le revoir dans le parc après les cours du lendemain. Mais il fallait qu'elle fasse un commentaire sur la photo.

« JOLI ! TU AS DÉJÀ PENSÉ À UNE CARRIÈRE DANS LE SPECTACLE, COMME HYPNOTISEUR ? »

Garder un ton léger était toujours primordial.

« SEULEMENT SI TU VEUX BIEN ÊTRE MON ASSISTANTE, AVEC DES TALONS HAUTS ARGENTÉS ET UNE PLUME D'AUTRUCHE ! » répondit-il aussitôt.

« MARCHÉ CONCLU. MAINTENANT TU VOUDRAS BIEN M'EXCUSER, JE DOIS PASSER DU BON TEMPS AVEC NAPOLÉON. »

Il fallait absolument qu'elle lise son chapitre d'histoire.

«IL A BIEN DE LA CHANCE, CE VIEUX NAPOLÉON!»

Puis ce fut le silence. Indécise, Jess attendit un peu. Elle ne voulait rien dire de plus, parce que la situation était devenue un peu dangereuse, et au lieu de s'en effrayer, Jess s'en délectait. Elle éteignit son ordinateur et alla se coucher.

Il était difficile de se concentrer sur «L'ascension de Napoléon au pouvoir» alors que de nouvelles émotions l'agitaient. Pour la première fois depuis des lustres, elle voyait la vie en rose. Elle regarda le même paragraphe pendant vingt minutes, tandis que son cerveau rejouait les événements de la journée en boucle, avec certains passages au ralenti. Elle finit par glisser dans une légère somnolence.

Soudain elle était dans un avion minuscule, vraiment vieillot, et se trouvait assise derrière le pilote. Ils roulaient dans un petit aérodrome quelque part, se préparant au décollage. Jess avait presque l'impression qu'ils étaient dans les années 40.

Qui était le pilote? Lorsque l'engin tourna au bout de la piste pour commencer à décoller, le pilote passa le bras derrière son siège pour lui étreindre la main. Elle reconnut les longs doigts de Luke et comprit alors que c'étaient les spirales blondes de ses boucles qui s'échappaient de son casque d'aviateur *vintage*.

« Luke ! cria-t-elle, paniquée. Tu as pris des leçons de pilotage ? »

« Ne t'inquiète pas ! lui répondit-il en forçant la voix pour couvrir le bruit du moteur. Avec moi tu ne crains rien. »

Alors le petit avion prit une dernière accélération le long de la piste et s'éleva dans les airs. De plus en plus haut, dans les nuages… Jess regarda vers le sol, et vit la campagne qui s'étalait sous eux, mais ça ressemblait à une carte, car les routes et le nom des lieux étaient imprimés.

« Je vais boucler la boucle ! » cria Luke.

« Oh non ! hurla Jess. Je t'en prie, ne fais pas ça ! »

Elle eut alors un sursaut qui la réveilla. Il était minuit vingt. Quel rêve étonnant ! Il était à la fois grisant et terrifiant. Il faudrait qu'elle pense à le raconter à Luke le lendemain.

Après les cours, ils se retrouvèrent au kiosque à musique. Cette fois, Luke n'était pas alangui sur la balustrade, il se tenait simplement là, l'appareil photo à la main, l'air impatient. Quand elle s'approcha de lui, un sourire extatique s'épanouit sur son visage.

– Je suis super content de te voir! Ç'a été les cours?

– Oh, la torture habituelle, répondit Jess d'un ton dégagé.

C'était la vérité: elle avait dû écouter Flora lui raconter en long et en large sa formidable rupture libératrice avec Jack, ainsi que regarder le show «Jodie & Fred» qui avait pour thème ce jour-là, les gâteaux que Jodie avait préparés et apportés au lycée dans une boîte en plastique – des brownies au chocolat.

– Il s'agit de prouver qu'on peut perdre du poids quand on fait suffisamment de sport, avait-elle déclaré. Bas les pattes, Mackenzie! C'est uniquement pour Fred et moi! Deux chacun! Et on va quand même perdre du poids parce qu'à la pause déjeuner et après les cours, on va faire un jogging.

Elle avait alors tendu la boîte à Fred, qui s'était empressé de prendre un brownie (un de ses gâteaux préférés, comme par hasard) et avait fait une sorte de sketch en le mangeant de la manière la plus ostensible, pour rendre tout le monde jaloux. Une fois qu'il avait fini, il s'était léché les doigts, et avec un grand sourire, avait lancé à la cantonade: «C'est ce que j'appelle des gâteaux de premier ordre!»

Révoltant. Jess chassa ces pénibles souvenirs et sourit à Luke.

– Comment s'est passée ta journée au bureau, mon chéri ? demanda-t-elle en parodiant une voix de ménagère.

– Oh, j'ai passé mon temps à frimer, comme d'habitude, répondit-il en souriant. Mais au moins aujourd'hui j'avais quelque chose de génial pour me vanter. Regarde !

Il lui tendit son téléphone, où s'affichait la photo d'une fille boudeuse, hantée, mystérieusement sexy : Jess !

– Oh non ! s'écria-t-elle. J'ai l'air d'une crâneuse !

Ce n'était pas du tout vrai : Jess était enchantée par cette image d'elle – mais elle ne pouvait pas le dire.

– J'ai cassé les pieds à tout le monde avec ça, annonça Luke. Et j'ai beaucoup gagné en popularité. Maintenant je ne suis plus le nouveau un peu intello. Je suis le nouveau, un intello qui a une déesse en photo sur son téléphone.

– Ne m'appelle pas déesse ! se récria Jess, qui se sentait à la fois flattée et gênée. Je suis censée voyager incognito !

Luke éclata de rire et brandit son appareil photo.

– Bon, fit-il en regardant autour de lui. Et si on prenait quelques photos d'atmosphère sous ces arbres, c'est un bon début, non ? Mais pas de blagues cette fois, c'est du sérieux. Tu es un fantôme sans repos, d'accord ?

– Quel est mon mobile? demanda Jess alors qu'ils se dirigeaient vers l'étang.

– Ton mobile? Ha ha! Tu es bien décidée à me donner la frousse de ma vie. Mets-toi là, contre ce tronc d'arbre. Oui! Mais ne t'y adosse pas. Tu dois légèrement un peu.

Jess fit de son mieux pour flotter, mais cette tâche s'avère légèrement ardue lorsqu'on a un indice de masse corporelle qui frise les 26.

– Super! (Luke regardait dans le viseur.) Formidable! Sois plus maussade! (Jess augmenta son potentiel boudeur.) Génial! s'enthousiasma Luke en la mitraillant, avant de s'interrompre, sourcils froncés. Oh, ces foutus joggeurs en arrière-plan gâchent toute la scène! grogna-t-il. C'est le souci quand on est dans le parc. Et ce sera encore pire samedi, j'imagine. Je vais attendre qu'ils soient passés.

Jess se retourna et reconnut avec horreur les joggeurs qui approchaient: c'étaient Fred et Jodie.

35

– Eh ! fit Luke en les reconnaissant aussi. C'est Fred et Josie.

– Jodie, corrigea Jess, qui se sentait gagnée par une légère nausée.

Le visage de Jodie était écarlate, et Fred était pâle et hors d'haleine.

– Saluuut ! beugla Jodie en se laissant lourdement tomber sur un banc bienvenu. Fiou ! J'ai besoin de faire une pause ! Ouah, Fred, mi-temps !

Fred s'avachit à côté d'elle.

– Bonsoir, dit-il en haletant, mais d'une voix affectée. C'est un temps agréable pour la saison.

– Eh ben ! fit Luke, admiratif. Combien de tours vous avez faits ?

– Trois pour l'instant ! Après le lycée on court dans le parc, lui expliqua Jodie en sortant sa gourde. À la pause déjeuner, on court sur le terrain du lycée.

– C'est vrai, confirma Jess. Je les ai vus.

– On s'entraîne, il paraît, ajouta Fred. Au lieu d'avoir une vie.

– Fred! Ne sois pas si négatif! le gronda Jodie entre deux goulées d'eau. C'est pour la bonne cause. On va courir un semi-marathon en faveur des victimes du tremblement de terre, tu sais. Il faut que tu nous sponsorises, Luke!

Jess parvint à ne pas s'énerver en entendant Jodie utiliser et réutiliser les mots « on » et « nous », parce qu'après tout, quel autre pronom avait-elle à sa disposition? Cet usage ne sous-entendait rien du tout, à part qu'ils couraient, tous les deux, autour du parc. Et quand bien même il y aurait eu plus que ça, en quoi ça la regardait?

– Ouais d'accord, accepta Luke. C'est super de faire ça!

– Et nous allons aussi perdre du poids, continua Jodie en se tapant les cuisses, débordante d'enthousiasme. Je vais me débarrasser de ces bourrelets!

Jess trouva que les cuisses de Jodie semblaient déjà plus fines et plus fermes. Elle fut alors douloureusement consciente du manque d'exercice dont souffrait son corps.

– Hmm, tant mieux pour toi, dit-elle. Moi, il n'y a que ma langue qui fasse du sport.

– Quoi ? Tu roules des patins ? cria Jodie en hurlant de rire.

– Non, non ! bégaya Jess aussitôt, rougissant déjà. Je voulais dire : en papotant.

– Et en embrassant, je parie ! insista Jodie en haussant plusieurs fois les sourcils, incluant Luke dans la blague.

– Pas question, insista Jess, les dents serrées. J'ai arrêté les patins.

Elle ne voulait pas que Fred aille croire que Luke et elle en étaient là. D'accord, elle savait que Jodie et lui s'étaient embrassés – sans doute. Mais elle pouvait facilement deviner comment c'était arrivé. Si Jodie s'était mis en tête d'embrasser quelqu'un, il était difficile de se défiler à moins d'être un pro du rugby.

Et puis Jodie devait être facile à embrasser. Jess devait bien admettre qu'elle était affectueuse, et plus elle faisait d'exercice, plus elle avait l'air en bonne santé. Elle avait beau être bruyante et péremptoire, les garçons aimaient souvent ces traits de caractère. Surtout les intellos gringalets comme Fred. Cette image la fit sourire. C'était libérateur de coller l'étiquette d'intello gringalet à Fred.

– Tu as arrêté les patins ? fit Jodie d'un air sceptique. Je te parie que tu vas te faire emballer, pas plus tard que cette semaine! Je te parie cinq livres que ça va arriver!

– Marché conclu! accepta Jess en tendant la main.

La poigne de Jodie était ferme et moite de transpiration.

– Attends! (Jodie refusa de lâcher la main de Jess, la gardant prisonnière.) Comment je saurai si tu as roulé une pelle à quelqu'un?

– Tu as ma parole, lui promit Jess. En tant qu'officier et en tant que gentleman, je t'informerai si quelque chose d'aussi abject se produit.

Elle voulait à tout prix changer de conversation. Entre eux quatre, le sujet était bien trop délicat.

– Alors, Luke! lança Jodie. Aide-moi à gagner mon pari! Embrasse-la!

– Ça ne compte pas si je ne suis pas consentante, objecta Jess sans quitter Jodie des yeux.

– Loin de moi l'idée de forcer quelqu'un à accepter mes faveurs, se défendit Luke, un peu sèchement.

– Mais tu es censé être un vampire! lui rappela Fred. À moins que tu ne fasses partie de cette espèce rare: les vampires polis qui demandent d'abord la permission?

Ils éclatèrent tous de rire et Fred but à la gourde de Jodie. «Maintenant ils ont mélangé leurs salives», pensa Jess. Mais c'était sans doute déjà fait. Ils étaient bien partis pour faire un bébé de salive.

Elle chassa cette idée en notant combien Luke était beau comparé à Fred. Ce dernier était avachi sur le banc du parc, ses bras et ses jambes maigres pendaient n'importe comment, lui donnant l'allure dégingandée d'un pantin, presque fragile, et mal à l'aise dans son vieux survêtement miteux. Tout à l'opposé, Luke se tenait de manière naturelle, il avait son appareil photo à la main et le col de sa veste d'aviateur en peau de mouton était relevé de manière assez classe, ses cheveux voletaient au vent, ses yeux verts pétillaient et un sourire perpétuel flottait sur ses merveilleuses lèvres boudeuses.

– Qu'est-ce que tu fais d'ailleurs ? demanda Jodie. Tu prends des photos de Jess ?

– Oui, admit Luke joyeusement. C'est une sorte de travail préparatoire pour le film qu'on va faire ce week-end. J'en ai pris quelques-unes hier aussi. Visez-moi ça !

Oh non ! Il sortait son téléphone ! Il l'alluma et le tendit à Jodie et Fred pour qu'ils admirent la photo de Jess qu'il avait retouchée, si bien qu'elle paraissait sexy et attirante.

– Incroyable ! commenta Fred. Elle a presque l'air humaine.

– Géniale, cette photo ! s'extasia Jodie, bluffée. On dirait une star ! Tu me prendras en photo un jour, dis ?

– Bien sûr, répondit Luke. Quand tu veux.

– Eh! Tu dois venir à ma fête samedi! (Jodie venait d'avoir une idée catastrophique.) Apporte ton appareil photo! Tu pourras faire des super photos de tout le monde qu'on postera sur Facebook! Je suis nulle pour les photos : elles sont toujours ratées. J'ai voulu en prendre une de Fred l'autre jour et elle était toute floue.

– C'est parce que je *suis* flou, intervint Fred. Tu as saisi l'essence de mon être.

– On ne peut pas venir à ta fête, Jodie, désolée, s'empressa de répondre Jess. On filme tout le week-end, tu te souviens?

– Oh crotte! J'avais oublié.

– Mais on ne va pas tourner le soir, Jess, objecta timidement Luke. C'est seulement tant qu'il fait jour. Ce sont des scènes d'extérieur.

– Alors venez à ma fête! s'écria Jodie, ravie. Vous devez venir! C'est un barbecue d'hiver! Sortez vos fourrures et vos bonnets de laine! On va faire un feu de joie, et mon père a un grand abri de jardin avec des sortes de portes-fenêtres qu'on peut ouvrir, et ça fait un genre de véranda. Et tu dois trop venir, Jess, puisque tu ne seras pas sur le tournage. J'ai appris la vérité par ton séduisant partenaire!

Jess était prise au piège. Elle n'échapperait pas à cette fête qu'elle redoutait tant.

– D'accord, accepta-t-elle, mais le pote de Luke descend nous voir de Manchester, alors il voudra peut-être faire autre chose. Tu as déjà prévu quelque chose, Luke ?

Elle espérait vaguement qu'il ait un dîner familial ou autre empêchement, tant elle voulait éviter la fête de Jodie.

– Non, rien du tout, répondit-il. Boris est le roi de la fête. Il va filer chez toi sans se faire prier. Tu vas adorer Boris. C'est un sacré personnage.

– Super ! se réjouit Jodie. J'ai hâte de le rencontrer. Les gens de Manchester sont cool !

– Mis à part l'équipe de foot, glissa Fred comme s'il faisait un aparté désobligeant.

Jess ne savait pas trop ce qu'il voulait dire par là, mais elle était bien décidée à ne pas laisser la conversation partir sur le foot.

– Boris est le cerveau de nos films, précisa Luke. Il est tellement plus créatif que moi.

– Alors il parle de quoi, ce film ? lui demanda Fred.

– Oh, ce n'est pas très ambitieux, dit Luke, modeste. C'est un gars qui est hanté par le fantôme de son ex-petite amie. Il l'a plaquée et ensuite elle est morte, alors il est tenaillé par le regret.

– Tenaillé par le regret ! rebondit Fred. Voilà ce que j'appelle un choix de vie.

Jess se demanda s'il fallait voir un sens caché dans ses paroles, ou s'il se contentait d'alimenter la conversation.

– Et c'est Jess qui joue la petite amie ? dit Jodie.

– Oui. (Luke sourit en regardant Jess, presque comme s'il éprouvait une certaine fierté.) Elle est parfaite pour le rôle. Elle a tout à fait le look. Et on complétera avec du maquillage pâle et des yeux charbonneux pour qu'elle ait l'air morte.

– Le look « décédé », c'est tellement *in*, minauda Fred. Ça me tente, moi aussi. Je me changerai peut-être en Mr Dead quand je ne serai plus flou.

– Et ce sera posté sur YouTube ? demanda encore Jodie.

Luke opina.

– Excellent ! On va trop se marrer ! Jess en zombie ! J'ai hâte de voir ça !

– Je ne serai pas en zombie, rectifia Jess d'un ton arrogant. Je serai un fantôme très stylé. Dans le royaume des esprits, les zombies sont le mauvais goût incarné. Plutôt mourir que de me montrer en zombie !

Luke et Jodie éclatèrent de rire.

– Tu as le don du comique, Jess ! la complimenta Luke.

Il avait un rire charmant : viril et musical. Le rire de Fred ressemblait à un tremblement silencieux, comme un chien en pleine crise d'épilepsie. Mais pour l'instant il ne riait pas vraiment.

– Jess a eu une idée formidable pour notre prochain film, annonça Luke avec animation. Ça va être un polar comique, dans une cuisine. C'est à mourir de rire, et on le filmera sans doute à Manchester. Ouais! (Soudain il passa le bras autour des épaules de Jess.) Vous avez peut-être devant vous le prochain duo comique à succès!

Jess fit la grimace – ce fut la grimace la plus crispée depuis que la grimace est devenue un sport olympique. Elle ne pouvait pas regarder Fred. Elle avait l'impression d'être une cible au moment du tir de fléchettes. Le prochain duo comique à succès, c'était censé être eux, Fred et elle, depuis toujours!

– Quel sera votre nom? demanda Jodie.

Dieu merci, elle n'avait rien dit à propos du passé de Jess et Fred. Peut-être faisait-elle, une fois n'est pas coutume, preuve de tact? À moins qu'elle n'ait pas remarqué que Luke venait de mettre le doigt sur un sujet glissant.

– Aucune idée... dit Luke, pris au dépourvu.

– Alors... réfléchissait Jodie à haute voix. Vous pourriez être Jordan et... quel est ton nom de famille, Luke?

– Appleton.

– «Jordan and Appleton», compléta Fred d'un ton cassant. On dirait une marque de céréales.

– Ce n'est pas terrible, admit Luke. Affreux. Et j'ai comme l'impression que le mot «Apple» est déjà protégé par la propriété intellectuelle.

– «Jordan and Appleton», hum…

Fred hésitait. Jess se prépara à une remarque particulièrement acide, et se tourna vers Jodie pour éviter le regard de Fred. C'était son unique chance de réussir à garder le sourire, qui commençait à trembler légèrement, comme un téléchargement qui rame. Le bras de Luke était toujours sur ses épaules, et elle ne pouvait pas se dégager sans paraître malpolie ou bizarre.

– Je suis certain qu'il y a des anagrammes là-dedans, poursuivit pensivement Fred.

– Oh oui, Fred, fais-nous une anagramme! le pressa Jodie, comme si elle poussait son chien savant à faire un tour. Il est super fort en mots. On va devenir les champions de Scrabble du lycée.

– Il y a «Japan», ça c'est sûr, lança Fred. Et «Lord».

– «Lords of Japan»! cria Luke. Génial! Méga génial! Tu peux devenir notre équipe de com'!

36

Boris se révéla être rondouillard et très relax. Il avait les cheveux coupés très courts, comme s'il s'était rasé le crâne un mois plus tôt et que ça repoussait. Il avait de petits yeux légèrement bridés, et une bouche large et souriante.

– Voici la fameuse Jess, annonça fièrement Luke.

Avec beaucoup de calme, Boris lui adressa un signe de tête décontracté. Peu importait qu'elle soit la célèbre Jess, il l'aurait saluée de la même manière si elle avait été un obscur porcelet.

– Jess, voici le génie du 7e art, Mr Boris Padgett.

– Fais pas attention, protesta Boris d'une voix traînante en faisant à Jess un sourire désinvolte. Luke rêve complètement.

Ils se trouvaient dans la cuisine de Luke, et c'était samedi matin.

– Le maquillage, ça va ? demanda Jess. On s'était mis d'accord pour quelque chose de réaliste, tu vois, alors je n'ai pas trop forcé sur le teint livide et les yeux de cadavre.

– Tu es parfaite. Non, divinement parfaite ! affirma Luke. Boris, tu trouves que Jess a l'air suffisamment morte ?

– Ouais, juste comme il faut.

Boris bâilla en s'étirant. On aurait dit que l'allure cadavérique de Jess n'avait de toute façon aucune espèce d'importance. Elle aimait bien son attitude relax. C'était un agréable contraste avec l'énergie de Luke.

– Jess et moi pensions que ce serait bien qu'il y ait un flash-back au milieu du film, exposa Luke. Alors on aurait les premières scènes où il est au café, dans le parc, tout ça. Et il la voit partout, et puis soudain elle n'est plus là. Ensuite on aurait en flash-back la scène où il la plaque, et après elle se jette sous un train.

– Pour celle-là il va falloir me faire une anesthésie générale, réclama Jess en souriant.

– Oh ne t'inquiète pas, la rassura Luke. On te filmera sur le quai avec une mine désespérée, et tout à coup tu ne seras plus là et il y aura un groupe de personnes à l'air horrifié et désemparé.

– Et de qui s'agira-t-il ? demanda Jess.

– La famille de Boris pourra s'en charger, proposa Luke.

– C'est déjà fait, dit Boris en picorant une croûte de pain – le seul reste du copieux petit déjeuner des garçons. On s'est occupés des regards horrifiés et désemparés jeudi dernier quand on est allés chercher mon père à la gare. C'est dans la boîte! ajouta-t-il en tapotant la caméra posée sur la table.

– Mais ce ne sera pas au même endroit alors? releva Jess, qui s'inquiétait de la cohérence interne du film.

– Non, ce n'est pas grave, lui affirma Boris.

– Ça peut être délibérément imprécis, expliqua Luke. Ça fait très postmoderne. Les gares, c'est partout pareil: Piccadilly à Manchester, Grand Central Station à New York...

– Ah bon.

Jess se détendit. Après tout, ce n'était pas son film, même si elle tenait un des rôles principaux. Par le passé, lorsqu'elle écrivait des sketches pour Fred et elle, il lui incombait de faire les choses bien. Cette fois, elle pouvait se contenter de s'amuser.

Luke se leva.

– Alors, on y va?

À cet instant, son père arriva au rez-de-chaussée.

– Luke, j'ai besoin de ton avis, on en a pour une minute, dit-il avec son sourire habituel, amical et triste. Je me bats avec un logiciel et si personne ne m'aide je vais sombrer dans la folie avant onze heures et demie.

– Bien sûr, accepta Luke. On en a pour un instant.

Et il suivit son père dans son repaire à l'étage.

Il y eut un moment de gêne. Jess s'était déjà fait une idée de Boris : c'était un gars qui ne voulait pas trop se fouler, et l'idée de devoir lui faire la conversation seule la rendait légèrement nerveuse, car elle craignait qu'il ne veuille pas se donner la peine de lui parler. Avec Luke, ce genre de problème ne se posait pas – elle n'avait jamais rencontré quelqu'un avec qui il était aussi facile de parler – et son départ laissait un vide inconfortable.

– Ne t'inquiète de rien, lui dit Boris en se frottant la tête d'un air endormi. Tout va bien et on va trop bien s'amuser. (Il poussa vers elle un ordinateur portable qu'il ouvrit.) Mate un peu cette vidéo, lui conseilla-t-il en allant sur le site YouTube. C'est à mourir de rire.

– C'est de vous ? demanda Jess.

– Non. Ce sont des *no-life* qui passent leurs journées à filmer leur chien. Sur celle-ci il y a un chien qui fait du skate, et là un jack russell qui fait du surf. Il a un gilet de sauvetage et tout !

Ils regardèrent les vidéos de chiens en riant. Tout se passait bien. Jess n'avait pas besoin de faire la conversation. Boris était décidément facile à vivre.

– Je parie que Luke te manque, dit-elle pendant que Boris lançait une recherche avec les mots « chien à ski ». Depuis qu'il a déménagé, je veux dire.

– Ouais, c'est une vraie légende, ce type, à Manchester. J'imagine que tu es au courant pour ce prix de photo qu'il a remporté ?

– Non ? répondit Jess, intriguée. Il n'en a jamais parlé.

– Non, évidemment, c'est tout lui ! Il a eu une récompense pour les photos qu'il a prises quand il donnait des cours en Namibie l'été dernier... Il t'a dit qu'il était allé en Namibie, hein ?

– Non ! (Jess était suffoquée de surprise.) On ne se connaît pas depuis très longtemps... Mais, mais, il a donné des cours ?

– Ouais, ils organisent ces programmes d'été. Tu sais, des cours d'anglais et d'informatique. Et puis il s'était engagé auprès d'orphelins atteints du sida aussi. Je crois que c'est là qu'il a pris les photos.

– Je croyais qu'il n'y avait que les étudiants qui pouvaient faire ce genre de chose !

– Tu sais que Luke a dix-huit ans, quand même ?

– Non, je ne savais pas non plus. On dirait que je ne sais rien sur lui !

– En fait, il a été souvent absent en première à cause d'un accident de voiture. Son genou a dû être opéré deux fois, alors il a décidé de redoubler carrément et du coup il a un an de plus que nous autres.

– Alors il est allé en Namibie malgré son genou amoché ?

Boris haussa les épaules.

– Il est du genre héros britannique vieux jeu. Il n'a pas encore sauvé de demoiselle des griffes d'un dragon, mais ce n'est qu'une question de temps. Tu pourrais être ce dragon. Euh, pardon, cette demoiselle, je veux dire.

Jess éclata de rire. Puis ils entendirent que Luke était en haut de l'escalier.

– Regarde un peu ça, dit Boris en revenant à You-Tube. Voilà des gens qui ont dressé leur chien à dire « I love you ». Enfin, c'est ce qu'ils prétendent.

Ils commencèrent à regarder la vidéo.

– Ne lui parle pas de ce que je t'ai raconté, lui murmura Boris alors que Luke dévalait l'escalier. Il serait gêné.

– Désolé pour le contretemps, s'excusa Luke en souriant. Mon père est un vrai dinosaure pour tout ce qui touche aux ordinateurs.

Il sourit à Jess, qui ressentit une exaltation nouvelle à l'idée d'être adulée par ce garçon qui avait connu tant de difficultés et fait des choses extraordinaires.

Soudain, aller à la fête de Jodie ne lui semblait plus si insurmontable. En fait, elle était même impatiente. C'était comme si les derniers vestiges d'angoisse à l'idée de voir Fred s'étaient évanouis, et avaient été remplacés par la merveilleuse perspective d'être accompagnée par un type aussi génial que Luke. Plus elle apprenait de détails sur lui, plus il l'impressionnait – et elle était d'autant plus surprise de l'intéresser! «Tu as déjà volé mon âme.» Ouahou! Personne ne lui avait encore fait ce genre de déclaration, et à présent elle espérait que ce compliment serait suivi de bien d'autres tout aussi merveilleux.

37

C'était la fête de Jodie, mais ils furent accueillis par Flora dans l'entrée. Elle portait un pantalon noir et un pull rouge que Jess n'avait encore jamais vus. Elle était super canon. Elle fêtait évidemment sa « libération ». Jess eut un pressentiment étrange et inquiétant qu'elle ne pouvait pas vraiment identifier.

– Ouah ! s'exclama Jess. Tu as fait un *relooking* ou quoi, Flo ? Une blonde en rouge : un grand classique !

– Qu'est-ce que tu attends pour nous présenter ? demanda Flora en jetant à Boris un regard séducteur.

Jess fit les présentations, puis les laissa discuter dans le hall pendant que Luke et elle passaient au jardin.

Jodie avait vraiment bien décoré l'endroit : des photophores brûlaient ici et là, ainsi que, comme promis, un feu de joie et un barbecue. L'abri de jardin de son père était ouvert et à l'intérieur étaient disposés quelques vieux canapés avec des couvertures et des tapis, où tout le monde s'était installé pour bavarder.

– Salut Luke ! Salut Jess ! (Radieuse, Jodie prit Jess dans ses bras.) Tu es magnifique ! Comment s'est passé le tournage ?

Jess se rendit compte que parfois, elle appréciait beaucoup Jodie. Elle avait à coup sûr organisé une chouette fête.

– Le tournage était super, répondit-elle.

– Comment est Boris ? Où est-il ? Il est venu ?

– Il a été kidnappé par Flora, expliqua Luke avec un sourire. Ils sont restés dans l'entrée.

– Mais à quoi il ressemble ? insista Jodie d'un ton impatient. Je me souviens que Luke nous a prédit qu'il serait le prochain grand réalisateur.

– Il est brillant, lui dit Jess. Enfin il est très cool, mais il prend le temps d'avoir le bon angle, et il connaît des moments d'inspiration pure. On était en train de filmer dans le parc cet après-midi et j'étais censée apparaître soudainement dans le kiosque à musique pour regarder Luke et lui faire peur, et Boris a dit : « Pas comme un chien, plutôt comme un chat. » Moi, je regardais Luke comme un labrador qui veut aller faire sa promenade ! Une fois que je me suis mise dans la peau d'un chat, c'était beaucoup mieux, il paraît.

– Les chats gardent leurs distances, fit remarquer Luke. Et ils s'en fichent complètement, vous ne trouvez pas ?

– C'est bien vrai, approuva Jess. Et désormais, je vais tout le temps faire le chat.

– D'accord, dit Jodie d'un air préoccupé. Où est Fred ? Il était là il y a un instant.

Jess fut surprise de constater qu'elle n'avait pas pensé à Fred depuis des heures. Flora n'était pas la seule à savourer sa libération.

– L'abri de ton père a fière allure, complimenta Jess.

– Hmmm, répondit Jodie en jetant des regards autour d'elle. Il sert un peu de résidence d'été aussi...

– Ou de résidence d'hiver ! fit remarquer Luke. J'ai apporté mon appareil photo, Jodie, est-ce que je commence à prendre des photos dès maintenant ?

– Ooh, oui, s'il te plaît ! Ah, et voilà Fred ! Où tu étais ?

Elle semblait anxieuse.

– J'ai découvert ce truc de ouf qu'on appelle les toilettes, répondit-il sardoniquement. Je crois que ça va changer ma vie. Tu devrais essayer, dit-il à l'intention de Luke.

Ce dernier gloussa.

– Comment se passe l'entraînement ?

– Euh… commença Fred.

– Pas maintenant, Fred ! l'interrompit Jodie. Je t'ai demandé d'apporter les plateaux de pommes de terre, tu te rappelles ?

– Oh, désolé, dit Fred en haussant les épaules. J'ai été distrait par un livre passionnant que j'ai trouvé au petit coin.

– Fred ! Tu avais promis de m'aider ! Tu vois, moi, j'essaie de préparer à manger pour tout le monde, tête de linotte ! lui reprocha Jodie sans mauvaise humeur.

– En quoi puis-je me rendre utile ? demanda Luke en rangeant aussitôt son appareil. Dis-moi ce dont tu as besoin, Jodie, et je le ferai avec plaisir.

– Oh, merci Luke ! (Jodie lui fit un grand sourire.) Viens à la cuisine avec moi.

Et elle l'entraîna à sa suite.

Jess et Fred se retrouvèrent seuls un moment, le visage éclairé par la lumière mouvante des flammes.

– Ce type doit être capable de marcher sur l'eau, fit remarquer Fred avec un triste sourire.

– Tu ne crois pas si bien dire ! (Jess ne put s'empêcher de se lancer dans un concert de louanges, même si elle donnait vraiment l'impression de se vanter.) Il s'est cassé la jambe en première et…

– Il s'est cassé la jambe? Ouah! Pourquoi n'y ai-je pas pensé?

– Fred, ferme-la. Écoute. Il s'est cassé la jambe, il a dû être opéré deux fois, et après il a dû recommencer son année, et du coup il a dix-huit ans.

– Dix-huit ans! (Fred haussa les sourcils, feignant l'admiration.) Comment il fait?

– Mais écoute! Dès que sa jambe a été remise, il est parti enseigner en Namibie et il a pris des photos quand il aidait bénévolement des orphelins atteints du sida, et à son retour il a reçu un prix pour ses images.

– C'est une star. Écœurant. Les mauviettes comme moi ne méritent même pas de lui lécher les bottes. Tu pourrais m'avoir un cheveu à lui? J'essaierais de cloner un Luke pour qu'il vive à côté de chez moi à la place de cette vieille Mrs Macarthy et de son caniche puant.

– Fred, arrête de jouer les imbéciles. Et comment se passe l'entraînement au semi-marathon? Je suis vraiment impressionnée.

– Vraiment? (Soudain Fred lui jeta un étrange regard perçant.) Tu l'es? Bon, pour être honnête, je dois dire que je me suis presque étonné moi-même. J'ai toujours eu horreur du sport, mais c'est bizarre… Quand tu cours, ton esprit entre dans une espèce de transe – du moins c'est ce qui s'en rapproche le plus sans avoir recours aux psychotropes – et tu te mets à réfléchir à la vie et à tout le reste.

Fred semblait différent : il était sérieux et concentré, et c'était une attitude que Jess n'avait jamais observée chez lui. Et elle ne l'avait jamais entendu tenir de tels propos non plus.

– Je déteste la personne que j'étais avant, poursuivit Fred d'un ton calme, le regard fixé sur les flammes. Bon à rien, lâche, sans volonté, assez content de moi. (Jess était abasourdie de l'entendre s'exprimer ainsi.) Ma vie passée est une suite d'erreurs. Un désastre complet.

Jess ressentit une terreur subite, son cœur s'emballa. Fred était-il en train de dire que les moments passés avec elle n'avaient été qu'un désastre ? Elle hésita, ébranlée et aux prises avec des sortes de haut-le-cœur.

– Alors tu veux te réinventer ? demanda-t-elle en se donnant un air dégagé.

– Oui, tu ne vas pas reconnaître le Fred 2.0. (Il lui jeta un regard interrogateur.) Je vais me faire refaire le nez aussi, évidemment.

Ça, c'était le Fred qu'elle connaissait, chassant ce moment de gêne par une vanne.

– Patate au four ? proposa Luke qui arrivait avec un plateau couvert de pommes de terre chaudes qui répandaient une odeur divine.

– Voilà les patates que j'étais censé apporter, constata Fred d'une voix lugubre. T'as piqué mes patates, mec!

Il y avait d'étranges allusions sous-jacentes, comme si Fred parlait en langage codé. Mais Luke, qui distribuait ses pommes de terre à la ronde, ne sembla pas l'entendre. Tout le monde attaqua les patates avec les doigts en répandant du fromage râpé par terre.

Lorsque Luke eut fini de servir, il ressortit son appareil photo.

– Jess et Fred mangeant des patates à la lueur du foyer, commenta-t-il en dirigeant vers eux son objectif.

Jess était mal à l'aise. Elle s'était habituée à ce que Luke la photographie, mais elle ne voulait pas trop qu'il la prenne en photo avec Fred.

– Rapprochez-vous un peu, demanda Luke.

Ils se serrèrent gauchement, comme deux personnes qui ne se connaissent pas bien. Jess sentit la légère chaleur qui se dégageait du bras de Fred. Il faisait des grimaces et prenait des poses, comme toujours quand il y avait un appareil photo en vue. Elle se demanda si cela aussi serait révolu une fois que Fred se serait réinventé.

– Fred, ça ne t'embête pas d'en prendre une de moi avec Jess? demanda Luke après avoir pris une demi-douzaine de clichés.

«Non! pensa Jess. C'est ce que les couples en vacances demandent à des inconnus!»

– Pas de problème, répondit Fred en s'essuyant les mains sur son pantalon. Sur quel bouton il faut appuyer? Je suis un homme des cavernes, face à un appareil photo.

La demande ne semblait pas le déranger, il donnait l'impression d'être très détendu. C'était vraiment difficile de savoir ce qu'il ressentait.

Luke lui montra comment faire fonctionner l'appareil, puis vint se placer près de Jess. Il lui passa un bras autour de la taille et l'attira à lui. Soudain, elle se sentit terrifiée et étrangement vide.

– Souriez! exigea Fred.

38

Jess et Luke rentrèrent ensemble à pied. Flora et Boris s'étaient éloignés dans la nuit, main dans la main.

– C'était une fête éblouissante, dit Luke. J'aime bien Jodie. Elle a la Force Vitale.

– Ah, c'est donc ça, dit Jess avec un sourire en coin. J'ai toujours cru qu'elle était bruyante.

– Ah, mais si la Force Vitale est avec toi, tu es obligée d'être bruyante, je le crains.

– Je l'aime bien aussi, avoua Jess, surprise par ses propres paroles.

– Hmmm, je me sens vraiment parfaitement bien maintenant, dit Luke en soupirant d'un air comblé. (Ils marchaient le long d'une avenue que Jess avait arpentée de nombreuses fois en compagnie de Fred.) Regarde, on voit la lune qui nous fait coucou entre les nuages.

Jess leva les yeux. Les nuages filaient dans le ciel nocturne, des étoiles scintillaient un instant avant de disparaître.

Jess ne se sentait pas d'humeur joyeuse. La fête l'avait déroutée. Avant d'y aller, elle était sûre d'elle. Elle avait passé un très bon moment avec Luke et Boris sur le tournage, et elle n'avait presque pas pensé à Fred de la journée. Si seulement il avait été fidèle à lui-même à la soirée (blagueur, lui jetant des insultes à la figure), elle aurait parfaitement tenu le coup.

En fait, elle avait voulu aller à cette fête avec Luke, presque comme s'ils étaient en couple. Fred les avait vus plusieurs fois ensemble, tandis que Jodie et lui s'étaient visiblement retrouvés plusieurs fois aussi. Tout semblait indiquer que Jess et Fred poursuivaient leur chemin chacun de leur côté, de manière fort civile, en restant amis, et sans déchirements.

Jess avait commencé à flasher sur Luke, et cela lui plaisait bien. Ces petits frissons qui la traversaient quand elle croisait son regard... c'était délicieux. Mais ce que Fred lui avait confié lors de la fête – que sa vie passée était un désastre – l'avait blessée et perturbée. Et elle n'avait même pas pu lui demander ce qu'il voulait dire parce qu'une fête n'était pas vraiment l'endroit pour avoir des conversations privées et graves.

– Viens par ici une minute, lui dit Luke en la prenant par la main dans l'avenue déserte. «*Jess by night*». Je devrais vraiment te prendre en photo là, mais ça gâcherait l'instant. Parfois cet appareil prend le pas sur la vraie vie.

Il regarda Jess d'un air très tendre. «Maintenant il va m'embrasser», pensa Jess. Elle avait imaginé cela des dizaines de fois, en admirant les lèvres pleines de Luke. Au clair de lune, ses yeux semblaient très grands. Au-dessus d'eux, un lampadaire grésillait. Au loin, une chouette hulula.

Luke l'embrassa. «Ça y est», pensa Jess. Elle se laissa aller. Le baiser eut une durée respectable, il ne fut pas décevant par sa brièveté, ni suffocant par sa longueur. Luke avait bon goût, sentait bon et procédait avec douceur. Il n'y avait rien à redire sur ce baiser. Seulement, il était purement et simplement... vide. C'était comme si, croyant acheter un cheeseburger, on s'apercevait au moment de le manger qu'il n'y avait pas de fromage dedans. Le moral de Jess tomba en chute libre. Elle avait plus ou moins attendu cet instant, mais il était à présent évident que ça ne marcherait pas entre eux deux. Luke semblait en adoration devant elle, et l'idée de lui faire de la peine était insoutenable. Comment allait-elle lui annoncer ça?

Ils s'écartèrent légèrement l'un de l'autre.

Au-dessus de leur tête, le lampadaire bourdonnait comme un moustique hystérique. Luke baissa le regard vers elle, mais l'expression de ses yeux était étrange. Jess s'attendait plus ou moins à un autre baiser, ou à une étreinte plus serrée, mais il la relâcha progressivement, jusqu'à lui tenir seulement une main, légèrement, d'une manière très solennelle, comme un héros d'un roman de Jane Austen.

– Oh, Jess, soupira-t-il. Je crains d'avoir été terriblement malhonnête avec toi.

Quoi ? Jess n'en croyait pas ses oreilles.

– Comment ça ? chuchota-t-elle.

– Je... je me suis comporté de manière stupide. Je suis vraiment désolé. Vraiment, vraiment désolé, Jess.

– De quoi t'excuses-tu ?

Jess était déroutée.

– Depuis que nous nous sommes rencontrés... Depuis la première fois que je t'ai vue... (Oh non, pas une autre déclaration !) Tu me fais penser à quelqu'un.

Le cœur de Jess eut un hoquet.

– À qui ?

– Il y avait cette fille... à Manchester... Sophie. On est sortis ensemble pendant un an. Mais quand... quand j'ai dû déménager, j'ai rompu. Je pensais que ce serait trop difficile, tu sais, de continuer à être avec quelqu'un alors qu'on était séparés par trois cents kilomètres de route et qu'on est encore au lycée. Je pensais qu'on pourrait s'y faire et rester amis, ce genre d'arrangement. Mais je n'arrive pas à l'oublier.

Jess sentit un intense soulagement l'envahir.

– Ce n'est pas grave, lui dit-elle.

– Non, j'ai été horrible. J'ai essayé de... de l'oublier. En me jetant dans tes bras. Tu lui ressembles un peu. Elle est brune comme toi. Mais ce qu'il y a, c'est que... je suis toujours...

– Fou amoureux d'elle?

– Oui. Je suis terriblement désolé, Jess. J'ai fait n'importe quoi. Ce n'est pas... Je t'apprécie vraiment. En fait, je t'adore – comment en irait-il autrement? Mais...

– On ne sera jamais ensemble? compléta Jess avec un sourire.

Luke se mordit la lèvre et secoua la tête en la regardant.

– Jess, charmante Jess! Pourras-tu me pardonner un jour?

– Il n'y a rien à pardonner! s'écria Jess, radieuse. J'ai fait exactement pareil!

– Quoi? s'étonna Luke.

– Oui, c'est tout à fait la même chose. Juste avant de te rencontrer, j'ai rompu avec quelqu'un, et j'ai vraiment aimé passer du temps avec toi, et j'ai essayé de... de passer à autre chose. Mais je viens de comprendre que je n'en ai pas fini avec lui.

– Hé hé, quelle coïncidence ! C'est qui ?

– Fred.

Luke resta bouche bée quelques secondes.

– F-fred ? bégaya-t-il. Fred ? Oh non ! J'ai dit des trucs... et fait des trucs ! Je lui ai demandé de nous prendre en photo ! Mince, je suis désolé !

– Non, non, t'inquiète. Pas de souci. Faire ta connaissance et celle de Boris m'a fait un bien fou, et organiser ce film a été une expérience géniale. Ça m'a changé les idées.

– Mais vous allez tellement bien ensemble, Fred et toi ! s'extasia Luke. Maintenant c'est clair ! Vous seriez parfaits l'un pour l'autre ! Pourquoi vous vous êtes séparés ? Qu'est-ce qui s'est passé ?

– Eh ben... (Jess prit une grande inspiration.) C'était il y a quelques semaines... Je l'ai plaqué parce que nous avions essayé d'organiser un bal, et il ne m'était d'aucune aide, il promettait toujours de faire des trucs, et en fait il ne faisait rien, et au final il a dit qu'il « démissionnait du comité ». Et le comité en question était constitué de... lui et moi. Ce qui m'a vraiment mise dedans.

– Mais, Jess, fit Luke d'un air surpris, on parle bien de Fred, là ? Je ne l'ai rencontré que deux fois, mais il m'a semblé évident que... Comment dire? Il n'est pas très fort pour l'organisation, je me trompe?

– C'est clair! soupira Jess.

– Alors peut-être que... tu lui demandais de faire des tâches qui n'étaient pas dans ses cordes?

– Mais moi non plus, je ne suis pas organisée! Sauf que j'ai dû tout donner et faire en sorte que ça aboutisse.

– Non, non, l'interrompit Luke. Excuse-moi, mais tu es totalement différente de Fred, pour ça. C'est mon impression, du moins. J'ai vu que vous partagez le même sens de l'humour, mais tu es sûre de toi, alors qu'il est timide.

– Fred, timide? reprit Jess en fronçant les sourcils.

– Il manque de confiance en lui, plutôt, rectifia Luke. Et il le cache en faisant le pitre.

Jess réfléchit un moment à cette vision des choses.

– Tu sais, lui dit-elle finalement, depuis que je l'ai largué, j'attends qu'il fasse un truc éblouissant pour m'impressionner. Qu'il prenne l'initiative, tu vois? Ou simplement qu'il s'excuse comme il faut.

– Tu pourrais attendre longtemps, lui dit Luke en souriant tristement. Je crois qu'il est du genre passif. Il réagit au comportement des autres. Il agit en réaction plutôt qu'en prenant des initiatives. Quand tu l'as largué, j'imagine qu'il a dû être terrifié. Il n'a sans doute pas osé tendre la main vers toi, de crainte que tu ne sois toujours en colère contre lui, et que tu ne le repousses de nouveau. Ça aurait été radical et dévastateur pour lui.

– Je vois, dit pensivement Jess. Mais je déteste ça chez lui... Qu'il soit si passif.

– Mais tu ne détestes pas Fred, si ? C'est simplement un aspect de sa personnalité. Et parfois les gens changent. Mais tout le monde a des défauts.

– On dirait que tu fais exception, fit remarquer Jess avec un petit sourire. Fred a dit que tu pourrais marcher sur l'eau.

Luke eut un rire d'autodérision.

– J'ai le défaut inverse. Je veux tout diriger. Je précipite toujours les choses, je fais en sorte qu'il se passe des trucs. Comme entre toi et moi. J'étais persuadé qu'on pouvait être ensemble. Je suis allé trop vite, et ça aurait pu finir de façon vraiment moche.

– Ce n'est pas vrai. Je veux dire : on savait tous les deux que ça ne collerait pas.

– Et si tu avais ressenti autre chose ? Je sais que je suis horrible et tout, mais si par hasard tu t'étais attachée à moi, tu vois, ç'aurait été un coup dur. Et regarde, j'ai brisé le cœur de Sophie. Je n'ai pas pu supporter l'incertitude liée à la séparation géographique. Voilà encore un de mes défauts : je suis terriblement jaloux !

– Je crois que tout le monde est jaloux, le rassura Jess. C'est le signe qu'on est bien vivant. Genre : « Son pouls bat-il ? Est-ce qu'il respire ? Est-ce qu'il est jaloux ? Oui, il respire, son pouls est stable, mais il n'est pas jaloux. Ah, il doit être mort, alors ! »

Ils éclatèrent de rire en même temps.

– Tu es tellement drôle ! la complimenta Luke. Sophie t'adorerait !

– Quels sont ses défauts ? demanda Jess d'un air malicieux.

– Oh. (Un sourire idiot éclaira le visage de Luke.) Elle est complètement désorganisée et bordélique. Elle attend toujours la dernière minute pour faire les choses. Elle a raté un nombre incalculable de trains. Elle est toujours en retard. Pour notre premier rencard, elle avait deux heures de retard.

– Deux heures !

– Tu vois ? Ce n'est pas du tout une fille pour quelqu'un comme moi, qui veux tout contrôler ! On ne va pas du tout ensemble, mais je n'arrive pas à ne plus penser à elle. Et le film… c'était à propos d'elle, évidemment. Je suis hanté par mon ex.

– Bon, regarde les choses du bon côté : elle ne s'est pas jetée sous un train. Si ?

– Non, pas que je sache.

– Alors envoie-lui un SMS pour lui dire que tu regrettes !

– Oui, je vais le faire. Mais est-ce qu'elle voudra bien me pardonner ?

– Si elle tient suffisamment à toi, oui.

– Quelle erreur monumentale j'ai faite en la quittant... Merci mille fois, Jess. Tu es la meilleure amie qui soit.

– Voilà comment définir notre relation, dit fermement Jess. On est potes, d'accord ?

– D'accord !

Ils se serrèrent dans les bras un bref instant.

– J'ai eu la peur de ma vie tout à l'heure, lui avoua Jess tandis qu'ils continuaient leur chemin. J'ai cru que tu allais me dire « je t'aime » !

– Eh bien, d'une certaine manière, je t'aime, bien sûr... commença Luke.

– Non, non ! protesta Jess en riant. Disons-nous « je ne t'aime pas » parce que, parfois, c'est ce qu'on veut entendre.

– Bon, d'accord. Je ne t'aime pas, Jess. Désolé, ça semble si grossier !

– Et je ne t'aime pas non plus. C'est génial, non ? (Jess lui serra le bras.) Maintenant on peut rentrer chez nous et reprendre notre petite vie.

Ils cheminèrent ainsi, bras dessus, bras dessous, au clair de lune. Jess était soulagée parce qu'enfin elle savait où elle en était dans ses sentiments, même si elle ignorait ce que Fred allait faire. Flora pouvait peut-être plaquer Jack sans un regard en arrière, mais Jess avait le pressentiment que Fred ferait partie de sa vie pour toujours. Maintenant qu'il se réinventait, peut-être devrait-elle opérer un grand changement elle aussi. Et la prochaine fois, ils pourraient se retrouver sur de nouvelles bases, avec de nouvelles règles, faisant table rase du passé, pour tout reprendre à zéro. Sauf que pour l'instant, Jodie régnait en maître sur le royaume Fred.

– C'est Jodie mon plus gros problème, maintenant, murmura-t-elle. Je me demande si je peux tirer Fred de ses griffes. À la loyale… ou à la déloyale ? Je ne veux pas lui faire de la peine. Après tout, elle se l'est complètement approprié.

– Et n'oublie pas que tu lui dois cinq livres, lui rappela Luke en riant. Elle t'a parié que tu te ferais embrasser dans la semaine.

– Hmmm, réfléchit Jess. Et si on oubliait que c'est arrivé ?

– D'accord. Ce sera notre petit secret.

Salut, chers lecteurs!

C'est génial d'avoir lu mes aventures, ça me remonte vraiment le moral, vu que Fred est un vrai crapaud en ce moment – non, il n'est pas couvert de pustules et ne sécrète pas du poison par le cou (enfin, pas encore). Parfois j'ai l'impression de n'avoir que vous comme amis, surtout quand Flora est au solfège. Alors s'il vous plaît, faites-moi une énorme faveur : venez voir mon site, il est fabuleux, éblouissant, faible en calories et à haute teneur énergétique!

www.JessJordan.co.uk !!!

Je vais bloguer plus vite que mon ombre (j'avais d'abord écrit gloguer par erreur, et je trouve ça cool alors je vais peut-être gloguer aussi). Il y a des tonnes de questionnaires, de sondages, des trucs interactifs, des surprises à télécharger! Fous rires garantis, et en exclu, plein d'infos sur Fred, Flora, Ben, Mackenzie et Jodie – tous les secrets qu'ils m'ont suppliée de ne jamais révéler. Ne leur dites pas que j'ai cafté, et soyez au rendez-vous!

Bisous,
Jess

Oublie ton ex !
La méthode Jess Jordan

D'abord, chouchoute-toi : use et abuse de chocolat ! Mais cette substance peut aussi servir d'arme, il te suffit de suivre ces quelques conseils…

Fais une figurine en chocolat représentant ton ex, puis croque-lui la tête.

Va chez lui un jour de lessive, faufile-toi dans le jardin et tartine ses caleçons de chocolat fondu.

Laisse tomber discrètement une tablette de chocolat à moitié fondu dans son sac de cours, si possible pile sur ses devoirs.

Réalise un nouveau petit copain en chocolat grandeur nature et passe devant l'arrêt de bus à bord d'une voiture de sport (en chocolat aussi, de préférence), en prenant des poses sexy et snob.

Si tu en as marre du chocolat, fais savoir à ton ex combien tu le méprises en lui mettant un vermisseau dans le col de sa chemise.

Pour d'autres astuces, va sur www.JessJordan.co.uk

Scripto

Avez-vous lu toutes les aventures de Jess Jordan ?

15 ANS, WELCOME TO ENGLAND !
de Sue limb

Jess a un problème. Elle doit écrire une lettre
à Édouard, son correspondant français qui va
séjourner chez elle.
Les choses seraient nettement plus faciles si
Édouard était une fille... Le pire, c'est qu'elle doit
joindre une photo !
Avec sa face de lune, au secours ! Mais Fred,
le meilleur ami de Jess, devrait pouvoir l'aider...
Quant à Édouard, sera-t-il à l'image du Français
de ses rêves, « yeux noirs et lèvres boudeuses » ?

JE BOUQUINE :
« Les fans de la série 15 ANS
ne seront pas déçues : leur Jess chérie
est toujours aussi survoltée ! »

15 ANS, CHARMANTE MAIS CINGLÉE

de Sue limb

Si seulement Jess pouvait être aussi sublime
que sa meilleure amie, Flora !
Mais ce qu'elle aimerait par-dessus tout, c'est que
Ben Jones, le garçon le plus séduisant de la terre,
la remarque.
Pour le conquérir, Jess déploie des trésors
d'imagination – ce dont elle ne manque pas ! –
quitte à se retrouver parfois
dans des situations impossibles...

16 ANS, OU PRESQUE, TORTURE ABSOLUE
de Sue limb

Aïe, l'été commence mal ! Jess, qui devait passer les vacances avec son chéri, est embarquée par sa mère pour une tournée des châteaux d'Angleterre ! L'enfer.

Les textos, c'est bien, mais quand on est rongée par la jalousie, quelle torture ! Quant à son père, Jess se fait une joie de le revoir à l'issue du voyage, mais pourquoi semble-t-il si mal à l'aise ?

Ça sent la révélation du siècle...

16 ANS,
FRANCHEMENT
IRRÉSISTIBLE
de Sue limb

La rentrée s'annonce sous les meilleurs auspices.
Jess n'a qu'une hâte : que tout le lycée sache
qu'elle sort avec Fred! Mais Fred ne voit pas
du tout les choses de la même façon. Humiliée
et meurtrie, Jess prend ses distances. Et, pour tout
arranger, le nouveau prof d'anglais ne semble pas
disposé à adoucir son quotidien...

On lit plus fort .com

Le blog officiel
des romans
Gallimard Jeunesse.
Sur le web, le lieu
incontournable
des passionnés
de lecture.

ACTUS

AVANT-PREMIÈRES

LIVRES À GAGNER

BANDES-ANNONCES

EXTRAITS

CONSEILS DE LECTURE

INTERVIEWS D'AUTEURS

DISCUSSIONS

CHRONIQUES
DE BLOGUEURS...

Loi n° 49-956 du 16 juillet 1949
sur les publications destinées à la jeunesse

PAO : Françoise Pham
Imprimé en Italie par L.E.G.O. Spa - Lavis (TN)
Dépôt légal : janvier 2013
N° d'édition : 246383
ISBN : 978-2-07-064985-3